CALBY

ou

LES MASSACRES DE SEPTEMBRE

Propriété de l'Éditeur.

SAINT-GERMAIN. — IMPRIMERIE D. BARDIN.

CALBY

OU

LES MASSACRES DE SEPTEMBRE

PAR

F. A. DE BOAÇA

CINQUIÈME ÉDITION

PARIS

LIBRAIRIE SAINT-JOSEPH

TOLRA, LIBRAIRE-ÉDITEUR

112, RUE DE RENNES, 112

1877

PRÉFACE

Si ce livre est écrit avec du sang, je n'y
puis rien ; les révolutions ne se font ni ne
s'écrivent à l'eau de roses, et quelle que
soit l'habileté et la partialité de l'écrivain,
l'histoire de la Révolution française coulera toujours sous sa plume comme un
ruisseau immonde qui a traversé un abattoir.

Et qu'on ne se récrie pas, qu'on ne
m'accuse pas d'exagération ; il y a eu
en France une époque qu'on a appelée
la *Terreur*, ce nom dit tout. La *Terreur*,
c'est-à-dire une époque pendant laquelle
la première nation du monde n'eut pour
souverain seigneur et maître absolu qu'un

couteau de boucher; une époque de lâcheté et de démence furieuse où l'honneur et le courage de la France ne se
rencontraient plus que dans les camps
et sur les échafauds; une époque où l'on
a chanté la *sainte Guillotine* et où l'on a
tanné de la peau humaine. La *Terreur!*
oh non, ce n'est pas trop de plusieurs
années de gloire militaire; ce n'est pas
trop de tout l'héroïsme des martyrs, pour
qu'une pareille dénomination dans l'histoire d'un peuple ne soit pas comme un
soufflet sur la joue d'un homme.

Les pages suivantes sont destinées à
retracer les premières scènes de ce drame
sanglant. Les récits qu'on va lire ne sont
point, comme on pourrait le croire, le
produit d'une imagination plus ou moins
malade qui a spéculé sur l'horrible dans
l'intérêt de son œuvre. A l'exception de
la fable, assez insignifiante du reste, je

l'avoue, autour de laquelle viennent se grouper les événements, tout est historique dans ce livre ; tout a été extrait des diverses histoires de la Révolution française, de Mémoires, de journaux et de brochures de l'époque.

Qu'on veuille donc bien me suivre avec confiance ; si la réalité et la fiction marchent ici côte à côte, au moins elles ne se confondent jamais. Nous allons assister, il est vrai, à des tableaux de meurtre, tels que l'imagination de Néron ivre aurait pu seule les rêver ; mais quelque horribles, quelque invraisemblables même que soient les faits qui vont se présenter au lecteur, il n'en est pas un seul à l'appui duquel il ne me soit facile d'alléguer un témoignage, pas un seul qui ne repose sur une ou plusieurs autorités.

Dans la collection des mémoires relatifs à la Révolution française, un volume a été consacré aux massacres de septembre. La lecture de ce volume, est-il dit dans l'introduction, peut se comparer au bruit sourd et lugubre du tombereau des morts roulant pendant la nuit dans les rues d'une cité que ravage la peste.

Oh ! ne fermez point l'oreille à ce bruit, vous tous qui pouvez influer sur les destinées morales des peuples ! Souvenez-vous que la France n'a été mûre pour les abominations de ses grandes Saturnales que lorsqu'elle a eu perdu son Dieu, ses traditions et ses croyances ; n'oubliez pas que lorsque l'esprit se retire la matière se putréfie, et qu'il y a toujours un germe de peste dans les bas-fonds de toute société, dans les entrailles de toute civilisation.

CALBY

ou

LES MASSACRES DE SEPTEMBRE

CHAPITRE PREMIER.

LA PLACE DU CARROUSEL.

Les doctrines philosophiques du dix-huitième siècle avaient germé; l'arbre de mort planté par Rousseau et Voltaire couvrait déjà de son ombrage empoisonné le malheureux pays qui se flattait encore de bercer voluptueusement ses mauvaises passions et son orgueil sous ce feuillage menteur; la Monarchie venait de s'écrouler sur la France, qu'elle avait abritée pendant quatorze cents ans; et l'on ne savait pas encore si cette France, que la royauté avait faite si grande et si belle, se relèverait un jour de cette épouvantable chute, si la fille ingrate et parricide ne

demeurerait pas écrasée sous le cadavre de sa
mère.

C'était dans la dernière semaine du mois
d'août 1792. Le Roi et sa famille étaient prisonniers au Temple. La Commune de Paris, sous
l'influence des Jacobins, avait usurpé à peu près
tous les pouvoirs. Trois jours avaient suffi à
peine pour enlever les cadavres des hommes
tués dans la journée du 10, pendant l'attaque et
la défense du château. Un commencement d'in-
fection s'était manifesté, et Paris put craindre
un moment que la peste physique ne se fît l'auxiliaire de la peste morale. La nouvelle garde nationale ressemblait à une bande de brigands;
les patrouilles ne se faisaient que par des hommes armés de piques, de faux, de pistolets et de
bâtons. On arrêtait, on enfermait confusément
dans les prisons toutes les personnes accusées ou
suspectes de s'être rangées autour de la royauté
croulante. Les prêtres fidèles qui avaient refusé
de prêter le serment schismatique, ceux-là même
à qui la loi ne le demandait pas, étaient recher-
chés, poursuivis et incarcérés avec la dernière
rigueur. Il y avait dans chaque section un comité
de surveillance chargé de recevoir les dénoncia-
tions contre les prétendus malintentionnés, con-

tre les *gens suspects* et les *mauvais citoyens*. Les
barrières de Paris ne s'ouvraient plus ; le boucher
tenait à compter ses victimes, il fallait donc les
parquer[1]. Aussi la terreur allait-elle croissant
de jour en jour, d'heure en heure ; les magasins
étaient fermés, les rues désertes ; l'anarchie et le
crime prenaient la grande ville d'assaut.

Les cloches avaient été brisées, à l'exception
de deux par chaque paroisse, l'argenterie des
églises enlevée : la proscription pesait sur tous
les membres du clergé catholique, condamnés en
masse à l'exil ou à la déportation, et emprison-
nés en attendant le voyage dont le fer des assassins de septembre devait pour un grand nombre
d'entre eux éviter tous les frais au gouvernement
républicain.

Le vandalisme patriotique menaçait d'une destruction complète tous les monuments des beaux-

1. Dans les intervalles où la sortie de Paris était ce
qu'on appelait libre, il était indispensable de se procurer
un passe-port avant d'essayer de franchir le mur d'enceinte. Ce passe-port ne s'accordait jamais sans l'attesta-
tion de deux citoyens connus, lesquels devaient accompagner le voyageur jusqu'à la barrière, et contractaient
avec lui une solidarité tellement étroite qu'ils devenaient
responsables de sa personne *corporellement* et *personnellement*, dit l'arrêté.

arts : on brisait une Vénus sous prétexte qu'elle
représentait une reine ; un Jupiter, parce qu'il
portait une couronne ; un Neptune, parce qu'il
était armé d'un trident. Les bronzes les plus précieux, les marbres les plus délicats, atteints et
convaincus du crime de féodalité et de fanatisme,
tombaient aux applaudissements de la foule sous
le marteau national. Les misérables! ils auraient,
s'ils l'avaient pu, lacéré toutes les toiles de Ra-
phaël et guillotiné leur auteur.

Le théâtre n'était plus qu'un échafaud où les
grands maitres de la scène française étaient tirés
à quatre bêtes, c'est-à-dire, à quatre censeurs.
Tous nos chefs-d'œuvre étaient mutilés, républi-
canisés par les littérateurs de la Commune ; on
raturait barbarement tous les titres de roi, d'em-
pereur, de prince ; et les plus beaux vers de Molière ou de Racine, pour atteindre le nombre
obligé de douze syllabes, devaient s'allonger, bon
gré mal gré, en s'aplatissant sous le laminoir
républicain. Heureux encore lorsque l'impéra-
tricè Esther ne dansait point la carmagnole aux
pieds du trône d'Assuérus stupéfait, ou lorsque
la princesse Iphigénie n'attachait point une cocarde tricolore au casque du roi des rois, Aga-
memnon! Tout cela n'était que le classique de l'art

révolutionnaire : le romantisme se composait de papes, de cardinaux, de prêtres, de surplis, de capuchons et d'étoles ; de pioches et de pinces pour renverser des Bastilles de carton ; de pétards, pour faire sauter des portes de couvent et d'ouvertures d'opéra, où, comme dans l'opéra de *Vert-Vert,* on entremêlait des phrases de l'hymne de Pâques *O Filii et filiæ* à celles du vaudeville profane: *Quand je bois du vin clairet* [1].

1. Il peut se faire que sous certains rapports j'anticipe un moment sur les dates, et que ce tableau de la situation artistique de la France n'ait été complet que quelques mois plus tard. Le 22 août, il est vrai, la Commune rendit un arrêté ordonnant la destruction des portes Saint-Denis et Saint-Martin, de la statue pédestre de Louis XIV, et *de tout ce qui ne peut être considéré que comme des honneurs rendus à son individu.* Mais je ne me souviens plus au juste du mois et de l'année où l'on s'avisa de changer le Roi, dans la tragédie du *Cid,* en une espèce de général des armées républicaines au service du royaume d'Espagne; et où ces deux vers de Molière :

Remettez-vous, Monsieur, d'une alarme si chaude,
Nous vivons sous un Prince ennemi de la fraude.

durent subir cette impudente transformation :

Remettez-vous, Monsieur, d'une alarme si chaude,
Ils sont passés ces jours consacrés à la fraude.

Est-ce Molière qu'il fallait plaindre, ou bien la République?

1.

Au milieu de ces folies sacriléges, malgré les fêtes paîennes célébrées en l'honneur des citoyens tués pendant l'attaque du château, le 10 du même mois ; malgré les enrôlements pour l'armée, effectués en public et avec pompe, la grande ville ne présentait qu'un aspect lugubre. Le pays était menacé d'une invasion étrangère dont il ne fut préservé que par les dissensions, les rivalités, qui s'élevèrent entre les puissances coalisées ; une inquiétude poignante agitait tous les esprits : la fortune, la liberté, la vie même de chaque citoyen ne tenait, pour ainsi dire, qu'à un fil. Emportée loin de ses voies par un courant désormais irrésistible, la France était précipitée vers l'inconnu. L'avenir, chargé de tempêtes, grondait comme une mer en furie, et chaque flot de cette mer ténébreuse déposait en se brisant sur la rive de sinistres présages de calamités et de mort.

C'est vers la fin de ce mois, et dans une maison située tout près de la place du Carrousel, à Paris que commence notre histoire.

Cette maison, petite et d'assez modeste apparence, ne renfermait qu'une famille, composée de l'abbé Claude, ancien possesseur d'un riche bénéfice dont le titre même avait été supprimé ;

do son neveu Julien, charmant jeune homme d'une vingtaine d'années; et de leur domestique Antoine, frère de lait de l'Abbé. Ce vieux serviteur, homme d'une fidélité à toute épreuve, portait presque jusqu'au fanatisme son dévouement pour ses maîtres, qui, de leur côté, le traitaient en ami, en égal, plutôt qu'en subalterne. Au dernier rang de cette hiérarchie domestique, se trouvait un énorme chien de Terre-Neuve, qui partageait ses affections et ses caresses entre les trois habitants de la maison. L'abbé Claude, qui s'occupait beaucoup de linguistique, lui avait donné le nom de Calby, mot hébraïque, dont la traduction en notre langue est *mon chien.*

Si Calby était beau quant au physique; si son poil avait la moelleuse flexibilité et la longueur d'un écheveau de soie; si aucune oreille d'épagneul n'était plus pendante que la sienne, aucune tête plus grosse, aucun panache de queue plus fourni, c'était surtout par ses qualités morales, si je puis me servir de cette expression, qu'il s'était acquis des droits à l'estime et à l'amitié de ses maîtres. Son attachement pour eux ne connaissait pas de bornes; son instinct avait quelque chose de merveilleux. Un métaphysicien, qui se noyait dans la Seine et qui ne dut la vie qu'à l'intelligence et au courage de ce magnifique animal, disait quelquefois en plaisantant que la Providence paraissait avoir donné à cette bête une espèce de petite raison.

Les fenêtres de l'appartement où se trouvaient réunis les trois personnages que je viens de présenter au lecteur étaient presque entièrement fermées, et ne laissaient pénétrer que la quantité de jour rigoureusement nécessaire. Ces fenêtres s'ouvraient sur la place du Carrousel, et il y avait en permanence sur cette place un spectacle dont ils ne se souciaient pas d'attrister leurs regards. C'était un instrument de supplice importé ou inventé depuis peu par le médecin Guillotin ; la machine principale de l'épouvantable drame qui allait se jouer, qui commençait déjà ; la guillotine, en un mot, dont un décret de l'Assemblée législative du 20 mars précédent avait prescrit l'usage pour toutes les exécutions à mort. Le premier tribunal révolutionnaire, appelé le tribunal du dix-sept août, fonctionnait sans relâche, les arrêts se succédaient rapidement, et les longs bras rouges de la guillotine n'avaient point le temps de se fermer ; on prit donc le parti de la laisser nuit et jour à son poste ; la nuit seulement, en vertu d'un arrêté de la Commune, on lui retirait jusqu'au lendemain son fatal triangle d'acier.

— Décidément, s'écria l'abbé Claude, en continuant une conversation commencée, le séjour de cette maison est horrible; et, s'il est possible de la quitter sans devenir suspect, il faudra, mon cher Antoine, que tu nous procures un autre logement aussi éloigné que possible de ce sanglant Carrousel.

— Il y a longtemps que j'y pense, monsieur l'Abbé, et nous aurions déjà déménagé sans ce maudit certificat de civisme que vous n'avez pas encore demandé, qu'on ne vous refusera pas, j'en suis sûr, et que chaque citoyen devrait faire coller à son chapeau pour s'épargner la peine de l'avoir continuellement à la main.

— Et mon refus de prêter serment à la Constitution civile du clergé! Et le décret de déportation rendu contre tous les prêtres réfractaires!

— Mais nous l'avons déjà ce certificat, mon cher maître; lorsque je vous reproche de ne l'avoir pas encore demandé, je me trompe, puisqu'il ne vous reste plus qu'à le faire ratifier à la Commune. Vous le savez, j'ai un ami intime dans notre section, où, grâce à votre prudence et au décret qui prohibe le costume ecclésiastique,

vous êtes totalement inconnu. Il m'a été facile
d'obtenir un certificat de civisme délivré au citoyen Claude, sans autre désignation. Il ne s'a-
git plus maintenant que d'une simple formalité
à remplir : vous portez ce certificat au Conseil
général de la Commune ; la Commune, qui ne
vous connaît pas, s'en rapporte à votre section
qui est censée vous connaître ; votre certificat est
ratifié, et une fois porteur de ce bienheureux
passe-port, vous voilà aussi libre qu'un citoyen
quelconque, ce qui ne veut pas dire grand'chose,
j'en tombe d'accord, mais, au moins, le citoyen
Claude n'a plus rien à craindre de l'abbé Claude,
et, par le temps qui court, il me semble que c'est
déjà beaucoup.

Le prêtre ne répondit pas. Il paraissait plongé
dans une profonde méditation.

— Le certificat délivré par ma section, répondit-il enfin, ne contient rien qui ne soit conforme à la plus exacte vérité. J'irai demain le
faire légaliser par la Commune. C'est un parti
dangereux, je le sais, mais l'inaction serait plus
dangereuse encore.

Puis il ajouta à demi-voix, et comme en se
parlant à lui-même :

— Il est vrai que j'ai un ennemi implacable à

la Commune; il me reconnaîtra, sans doute, il peut me perdre... Le fera-t-il ?

Et après quelques minutes de silence :

— Non; son propre intérêt le lui défend. J'irai demain au soir à la Commune.

— Et après-demain, s'écria Julien, qui ne put réprimer un mouvement de joie, nous abandonnerons cette place abhorrée qui s'abreuve tous les jours de sang; ces fenêtres que l'on ne peut ouvrir sans arrêter ses regards sur cet horrible monstre rouge, toujours là, les bras élevés, et la gueule de fer toujours béante, toujours prête à engloutir sa proie.

— Et si Dieu nous accorde quelques mois de vie encore, vous verrez, mon enfant, reprit avec douleur le prêtre, que le monstre rouge dont vous parlez, après s'être enivré du sang le plus pur, s'attaquera à ses conducteurs eux-mêmes, et qu'il tournera également contre les bourreaux et contre les victimes sa rage ni fatiguée ni assouvie.

— Ma foi, murmura Antoine, Dieu est juste, et ils ne l'auront pas volé. Il est fâcheux que ce ne soit pas tout de suite; ce serait toujours autant de gagné pour la sécurité des honnêtes gens.

— C'est une réflexion que j'ai déjà faite, mon cher oncle, le jour où fut prononcé et exécuté le premier jugement du tribunal révolutionnaire, rendu contre Collenot d'Angremont.

— C'était réellement comme un présage : l'exécution se fit pendant la nuit, aux flambeaux ; et le bourreau, tenant la tête du supplicié par les cheveux pour la montrer au peuple, tomba lui-même de l'échafaud sur le pavé, et resta mort sur la place.

Ici la conversation fut interrompue par un grand bruit qui venait du dehors. C'était l'ancien intendant de la liste civile du Roi, l'infortuné Laporte, que l'on conduisait à la mort. L'abbé Claude et ses deux compagnons s'approchèrent de la fenêtre, qu'ils se gardèrent cependant bien d'ouvrir. Ils furent témoins de la sérénité, du calme héroïque de ce respectable vieillard, dont les dernières paroles arrivèrent même jusqu'à eux : *Citoyens, puisse le sang que je vais répandre ramener dans l'empire la paix et la tranquillité, et mettre enfin un terme à toutes les dissensions de mon pays !* L'abbé, son neveu et Antoine se précipitèrent, ou plutôt se laissèrent tomber sur le carreau ; un coup sourd se fit entendre, une foule stupide vociféra *Vive la Nation !* et pour cette âme chrétienne qui venait de comparaître devant son Créateur, seuls, peut-être, à quelques pas du cadavre, les trois catholiques priaient.

CHAPITRE II.

LA COMMUNE.

Voici la Commune usurpatrice, voici l'ancienne *Maison de la marchandise*, devenue le foyer incandescent de la Révolution qui commence ; voici le *Parloir aux bourgeois*, le conseil de la Commune, dont la gigantesque ambition devait bientôt rêver pour la France l'organisation municipale romaine, centralisée au profit de son orgueil dans l'Hôtel-de-Ville de Paris ; voici les élus de la cité [1], édiles et tribuns à la fois ; tri-

1. *Élus de la cité* n'est pas le mot ; légalement, ils auraient dû l'être, mais ils ne l'étaient pas. Sur la provocation de la section des Quinze-Vingts, une des plus mauvaises, les quarante-huit sections de Paris décidèrent que chacune d'elles nommerait des commissaires qui iraient s'installer à l'Hôtel-de-Ville avec des pouvoirs illimités. Cette municipalité insurrectionnelle, composée de cent quatre-vingt-douze membres choisis pour la plupart parmi les Jacobins les plus exaltés, parmi les révolutionnaires

buns aux Jacobins, édiles à la Mairie, où leur
caractère municipal donnait un corps et une
âme aux imaginations de leur club.

L'assemblée du Conseil général de la Commune était aussi nombreuse et plus bruyante
que celle du pouvoir législatif, sa force réelle
beaucoup plus considérable, et ses tribunes plus
fréquentées. Le peuple, la populace trop souvent,
qui encombrait ce tribunes et qui s'était arrogé
le droit d'influencer les délibérations, se composait d'hommes et de femmes. Ces dernières,
payées probablement pour assister au spectacle
et applaudir, tricotaient pendant tout le cours de
la séance, raccommodaient des vestes ou des cu-
lottes, et provoquaient par leurs regards effrontés, leurs allures soldatesques, l'étonnement et
le scandale de quiconque pouvait encore s'éton-
ner ou se scandaliser de quelque chose.

les plus fanatiques, accoutumés aux émeutes et aux
meurtres, s'installa de son autorité privée à l'Hôtel-de-
Ville pendant la nuit du 9 au 10, la veille même de l'in-
surrection qui devait renverser la monarchie. Telle fut
l'origine de cette formidable Commune de Paris, qui gou-
verna la Révolution française; et qui, dès le jour même
de son avénement, se trouva assez forte pour constituer
un nouveau gouvernement, un pouvoir presque souverain,
à côté, quand ce n'était pas au-dessus, de celui de l'Assemblée législative.

Six heures du soir sonnaient à l'Hôtel-de-Ville lorsque l'abbé Claude y arriva. Le conseil se forma vers sept heures : le président et les principaux officiers de la Commune occupaient une estrade séparée; à leur droite, siégeaient sur des gradins les membres du Conseil fournis par chaque section; sur d'autres gradins, à la gauche, étaient assis les divers postulants, au nombre desquels l'abbé Claude fut obligé de prendre place. La séance ouvrit par la lecture du procès-verbal de la veille. Les députations de quelques sections vinrent ensuite, tambour battant, offrir à la Commune leur contingent des enrôlements volontaires. Chacune d'elles jura par la bouche de son orateur *de nettoyer le sol de la liberté des satellites des despotes, de renverser tous les tyrans de leur trône, et de cimenter de leur sang l'édifice de la liberté, etc.* A tout cela le président répondit sur le même ton, et finit par hurler les premières paroles de la Marseillaise, que toute la salle continua avec transport. Les chants et les discours se renouvelèrent autant de fois qu'il y eut de députations à entendre; et toujours avec l'accompagnement obligé de *Ça ira* et de claquements de mains et de battements de pieds patriotiques.

La Patrie représentée par la Commune reçut

ensuite l'hommage que vint lui faire de sa valeur et de sa blessure un soldat blessé je ne sais où. *Citoyens,* s'écria cet orateur guerrier, *j'ai-t-été de l'armée, et j'ai-t-eu une blessure que la v'là; et l'on m'a-t-envoyé faire mon serment que je jure d'exterminer les tyrans et de mourir à mon poste, etc., etc.* Les applaudissements recommencèrent de plus belle, ainsi que les *Ça ira* et les battements de pieds; et le nouvel Achille, blessé au talon peut-être, resta debout pour savourer son triomphe à côté du citoyen président.

A l'orateur soldat succéda un orateur théologien. Celui-ci jura *l'Égalité, la Liberté, la Fraternité, seule Trinité à laquelle il voulait croire, et qu'il croyait une et indivisible.* Un tonnerre d'applaudissements, de *Ça ira* et de *Marseillaise* salua l'avénement de ce nouveau dogme à l'usage des sans-culottes ; préludant ainsi, on peut le dire, à la prochaine abolition de la religion chrétienne, aux fêtes de la déesse Raison, et à ces fameuses séances de la Convention nationale où l'évêque de Paris, Gobel, vint afficher sa honte et abjurer le christianisme [1]; où le président, après avoir reçu l'ab-

1. Il fut guillotiné cinq mois après, mais il se repentit et mourut en chrétien; l'abbé Lothringer, son compatriote, put le confesser et l'absoudre.

juration d'un autre prêtre infâme, l'autorisa, sur
sa demande, à changer son nom d'Érasme contre
celui d'*Apostat;* et où l'on fit parader, coiffé
d'une mitre et revêtu d'une chape, un âne moins
brute que ces stupides législateurs.

Le tour des demandeurs de certificats vint
enfin : *Y a-t-il quelqu'un qui connaisse le citoyen et
qui réponde de son civisme?* demandait le président; et l'on accordait le certificat ou on le refusait, suivant la réponse qu'avait obtenue cette
question. Quelquefois aussi on ajournait la décision jusqu'à plus ample informé.

Cette formalité, à laquelle l'abbé Claude ne
s'attendait pas, le déconcerta d'autant plus qu'il
aperçut à côté du président un certain citoyen
Scœvola dont il était particulièrement connu et
qu'il redoutait à bon droit depuis longtemps. Il se
présenta, néanmoins, et allait probablement être
ajourné, lorsque le peuple des tribunes jugea à
propos d'entonner une nouvelle chanson patriotique qu'un tout jeune rhétoricien, qui s'était engagé comme soldat, venait de composer séance
tenante. Le refrain de cette chanson disait :

Nous payerons de sang le grand chemin du peuple.

L'abbé Claude était le meilleur homme du

monde : bienveillant et poli, il ne contrariait
jamais personne qu'avec tous les ménagements
possibles. Il y avait cependant des circonstances
où son sang-froid, sa politesse ordinaire, semblaient presque sur le point de lui faire défaut;
ancien professeur, avec une légère teinte de pé-
dantisme, mais littérateur exquis, savant profond, et par cela même un peu maniaque, il lui
arrivait quelquefois de ne pas se trouver assez
en garde contre l'impatience, contre l'agacement
nerveux, pour ainsi dire, que lui causait un raisonnement absurde, une figure de rhétorique vicieuse, ou un vers faux. En dépit de ce que sa
position actuelle avait de critique, il ne put résister à ce coup d'assommoir d'une rhétorique dont
il n'avait trouvé d'exemple ni dans Aristote ni
dans Dumarsais, et il lui échappa une exclama-
tion qu'il croyait ne murmurer qu'à voix basse,
mais qui, malheureusement, fut entendue de ses
voisins : *Quelle abominable catachrèse!*

L'effet qui suivit ces paroles fut terrible. Un
brouhaha capable de réveiller un mort s'élève
de tous les côtés de la salle; l'assemblée tout entière se dresse, se penche, et menace d'engloutir
sous une avalanche vivante le puriste malencon-
treux. Il est évident que l'on a pris le mot *cata-*

chrèse pour une injure d'une nouvelle invention ;
et, comme cela arrive d'ordinaire, la populace
s'enivre de sa propre fureur, le tumulte aug-
mente, les cris redoublent, les bras se roidissent ;
le torrent de la colère du peuple va déborder.

C'en était fait ; il n'y avait plus d'espoir pour
l'abbé Claude. Il ne pouvait éviter d'être mis en
pièces, ou d'être conduit en prison, ce qui, très-
probablement, aurait été pour lui la même chose.
Le salut lui vint d'où il ne l'attendait pas.

Le citoyen Scævola, que le prêtre, à son grand
désappointement, avait vu siéger sur l'estrade
présidentielle, suivait d'un œil fort attentif cette
scène qui menaçait de devenir si fatale à son
personnage principal. Lorsqu'il vit que le dénoûment était proche, il se leva et demanda
le silence. Scævola était sans contredit une des
idoles de la foule ; cela devait être, du moins,
car la foule se tut. Cependant, elle demeura
debout et frémissante, couvant sa victime du
regard, et n'attendant qu'un encouragement,
qu'une insinuation, qu'un geste, pour se porter
aux plus violentes extrémités. Scævola prit la
parole, et, après une foule de précautions ora-
toires, il expliqua au peuple sa méprise. Il lui fit
comprendre, ou, pour mieux dire, il essaya de

lui faire comprendre, que la figure de rhétorique appelée catachrèse n'est autre chose qu'une espèce de métaphore, et que celle qui avait donné lieu à ce tumulte ne pouvait, même par le temps de liberté qui courait alors, se justifier d'aucune manière; attendu que s'il est possible de laver, d'inonder un chemin avec du sang, on est toujours obligé pour le paver d'avoir recours à une substance plus solide. Il croyait, du reste, pouvoir assurer que le citoyen Claude, et il appuya sur le mot citoyen avec une expression toute particulière, n'avait pas eu l'intention d'insulter à la majesté du peuple. Toutefois il ne le connaissait pas assez pour se hasarder à répondre de son civisme; il était d'avis, en conséquence, que l'on ajournât à quelque temps la ratification de son certificat, et que provisoirement on le laissât se retirer en liberté.

Personne dans les tribunes ne comprit un mot à l'explication de Scævola, mais tout le monde voulut avoir l'air de comprendre, ce qui facilita beaucoup le succès de l'orateur. L'abbé Claude sortit de la Commune sans être inquiété; heureux et étonné de se sentir vivant et libre, plus étonné encore de le devoir à Scævola.

Il se retirait à grands pas, car il avait hâte de

rentrer chez lui, lorsque, parvenu dans une rue étroite, que l'heure avancée de la nuit rendait complétement déserte, il s'entendit appeler par son nom, précédé de la qualification alors si redoutable de monsieur l'Abbé. Il se retourna, non moins surpris qu'effrayé, et se trouva face à face avec un homme d'une trentaine d'années environ, coiffé d'un bonnet rouge et affublé d'une veste ronde, appelée Carmagnole dans le langage du temps. C'était le citoyen Scævola. Fort contrarié de cette rencontre, l'abbé Claude s'arrêta cependant, et après avoir salué son libérateur, il garda le silence et attendit.

— Monsieur l'Abbé, lui dit enfin cet homme, vous me devez la vie.

— Je ne l'ai pas oublié, répondit à demi-voix et presque en balbutiant le prêtre, je ne l'ai pas oublié, monsieur le Baron, et je m'estimerais heureux de pouvoir vous en témoigner toute ma reconnaissance.

— Faites-le donc à l'instant; car vous savez bien que vous le pouvez, et vous devinez sans doute que c'est précisément pour cela que je vous ai suivi.

L'abbé Claude parut ne pas comprendre et ne répondit rien. Ce que voyant le Baron, il se rap-

procha encore davantage, et d'une voix basse
mais ferme il lui dit : Nous nous connaissons,
monsieur l'Abbé ; il est donc inutile de parler
ici d'une reconnaissance que vous ne me devez
pas. Je n'ai pas besoin de vous dire que ce n'est
pas dans votre intérêt, mais dans le mien, que je
vous ai arraché à la mort. Je vous ai sauvé, je
puis vous perdre, choisissez.

Toute hésitation, toute apparence de crainte
disparurent alors de la contenance et de la parole de l'abbé. Il se sentait en présence d'un
grand devoir à remplir, d'un grand sacrifice à
consommer, peut-être ; il était résolu. La faiblesse pour certaines âmes ne se compose souvent
que d'irrésolution et d'incertitude sur la conduite
à tenir ; lorsque la conscience a parlé, il n'y a
plus d'incertitude possible ; on est fort.

— J'ai choisi, répondit-il au Baron.

— Et les papiers ?

— Vous ne les aurez pas, je les garde.

— Faut-il vous répéter encore que votre vie est
entre mes mains ?

— Elle est aujourd'hui, comme celle de tous
les honnêtes gens, du reste, à la merci du premier démocrate venu. Mais vous avez, j'en suis
sûr, une trop bonne opinion de ma prudence

pour croire que je n'aie pas mis à l'abri de toutes
les éventualités le dépôt précieux confié à ma religion et à mon honneur. Ma mort ne vous servi-
rait donc à rien, ce serait un crime sans profit,
et voilà tout.

— Sans profit! peut-être, pensa le Baron. Mais
il n'ajouta pas une parole, et, alarmé par un bruit
de pas qui se fit entendre, il disparut.

La foule se retirait de la Commune; elle commençait à remplir la rue que l'abbé Claude, pour
rentrer chez lui, devait parcourir dans toute sa
longueur. Craignant d'être reconnu par ces hommes, il se cacha dans l'enfoncement d'une porte
cochère, et attendit avec impatience que ce torrent de carmagnoles et de bonnets rouges se
fût écoulé. Les groupes passaient nombreux
et bruyants ; les uns parlaient, disputaient ou
criaient avec fureur; les autres chantaient;
l'exaltation de tous était portée à son comble.
Deux hommes, dont l'un tenait une lanterne à la
main, s'arrêtèrent un moment devant la porte où
se blottissait le prêtre. Ils continuaient une conversation fort animée, et celui qui parlait disait
à l'autre : Pourquoi n'a-t-on pas écouté Marat,
l'ami du peuple? Tenez, voilà ce qu'il écrivait
lorsque le tyran était encore sur le trône: « Cinq

« à six cents têtes abattues vous auraient assuré
« repos, bonheur et liberté. Une fausse huma-
« nité a retenu vos bras et suspendu vos coups ;
« elle va coûter la vie à des millions de vos frères.
« Que vos ennemis triomphent un moment, et le
« sang coulera à grands flots ; ils vous égorge-
« ront sans pitié ; et pour éteindre à jamais par-
« mi vous l'amour de la liberté, leurs mains
« sanguinaires chercheront le cœur dans les en-
« trailles de vos enfants. »

En ce moment un groupe passa, qui chantait :

> Tisiphone Antoinette
> Comme Brunswick s'apprête
> A danser à la fête
> De son royal mari.
>   Hi! hi! hi! hi!
> D'après cette jactance,
> A l'Opéra l'on pense
> D'arranger une danse
> Sur l'air de ça ira,
> Sur l'air de ça ira,
>   Ha! ha! ha! 1.

1. J'ai hésité longtemps à reproduire ces quelques
échantillons des sottises en prose et des sottises soi-
disant rimées qui se composaient, se vendaient et se
chantaient dans ces jours de désorganisation universelle;
j'ai cru devoir les conserver, néanmoins, comme un des
traits caractéristiques de cette époque néfaste. Il n'y a,

La conversation suivait son cours :

— Il est vrai que la lanterne nous a rendu de grands services, mais, que le diable me torde ! nous n'avons pas lanterné assez d'aristocrates. Oh ! combien il avait raison le bon patriote qui composa cette prière à Satan, il y a deux ans à peine : « Reçois, ô Satan, dans tes manoirs obs-
« curs, l'opprobre du genre humain. Ainsi soit-
« il. Fais éprouver à leurs âmes perverses tous
« les tourments qu'ils ont fait endurer et ceux
« que tu pourras concevoir dans ta plus grande
« fureur. Ainsi soit-il. Si tu veux bien peupler
« ton empire, ô Satan, délivre-nous de ces êtres
« égoïstes, orgueilleux, vils, crapuleux, sans
« cœur et sans entrailles, libertins et fainéants,
« connus sous le nom de cardinaux, d'arche-
« vêques, d'évêques, d'abbés commanditaires,
« de prieurs, de chanoines et de moines. Déli-
« vre-nous-en comme Dieu délivra Élie et
« Énoch des périls de ce monde. Ainsi-soit-il[1]. »

au reste, dans ces turpitudes imprimées, pas plus de vé-rité que de littérature et de convenances; ce ne sont pas même des pamphlets de bas étage; ce n'est que de la lâcheté, de la rage bête, de l'impiété et du venin tout cru.

1. Prières pour les aristocrates agonisants, etc.; Paris, 1790.

Et la foule qui passait en ce moment chantait :

Chanoines, abbés, prélats,
Cessez donc vos vains éclats.
Vous et la gent monacale
Ne donniez que du scandale;
L'on vous presse et l'on fait bien :
Oh bien, très-bien!
Car vous n'êtes bons à rien.
De votre avide ministère
L'on n'a que faire.

— Et Robespierre aussi avait raison, reprit le second interlocuteur, lorsqu'il écrivait dans son journal : « Riches égoïstes, stupides vampires « engraissés de sang et de rapines, osez donc en- « core donner au peuple le nom de brigand; « osez affecter encore des craintes insolentes « pour vos biens méprisables, achetés par des « bassesses; osez remonter à la source de vos ri- « chesses, à celles de la misère de vos semblables: « voyez d'un côté leur désintéressement et leur « honorable pauvreté; de l'autre, vos vices et « votre opulence, et dites quels sont les brigands « et les scélérats. Misérables hypocrites, gardez « vos richesses qui vous tiennent lieu d'âme et « de vertu; mais laissez aux autres la liberté et « l'honneur! Non, ils ont juré une haine immor-

« telle à la Raison et à l'Égalité. Quand le peu
« ple paraît, ils se cachent ; s'est-il retiré, ils
« conspirent. Déjà ils renouvellent leurs calom
« nies et renouent leurs intrigues. Citoyens, vous
« n'aurez la paix qu'autant que vous aurez l'œil
« ouvert sur toutes les trahisons et le bras levé
« sur tous les traîtres[1]. »

Oh ! les misérables ! pensa l'abbé Claude, retiré dans son coin, oh ! les misérables ! si c'est là
le but vers lequel ils tendent ! ou les imbéciles,
s'ils ne comprennent pas qu'avec de pareilles
doctrines ils arment une moitié de la société
contre l'autre ! Stupides rhéteurs, sophistes envieux, peut-être, qui ne s'aperçoivent pas que l'é-
galité des fortunes, qui ne serait en définitive
que l'égalité de toutes les misères, est une
chimère dont la réalisation est impossible, et
que le pauvre mourrait de faim sans le riche dont
les dépenses le font vivre ! Oh les effrontés
coquins, qui demandent la punition des conspirateurs et des traîtres, eux les associés, les complices, ou, pour le moins, les applaudisseurs et
les amis d'une conspiration victorieuse ! Et nous
aussi, ô mon Dieu, nous l'avons demandée cette

1. *Défenseur de la Constitution,* nº XII et dernier.

punition, lorsqu'il en était temps encore ; et si l'on nous avait écoutés, les traîtres et les conspirateurs ne triompheraient pas aujourd'hui : Louis XVI ne serait pas prisonnier dans la tour du Temple, et le vaisseau de la France ne ferait pas eau de toutes parts.

Ainsi réfléchissait l'abbé Claude ; et la foule qui s'écoulait, chantait [1] :

> Madame Véto avait promis
> De faire égorger tout Paris ;
> Mais son coup a manqué
> Grâce à nos canonniers.
> Dansons la carmagnole,
> Vive le son, vive le son,
> Dansons la carmagnole,
> Vive le son du canon !
>
> Monsieur Véto avait promis
> D'être fidèle à son pays,
> Mais il y a manqué ;
> Ne faisons plus quartier.
> Dansons la carmagnole, etc.
>
> Antoinette avait résolu
> De nous faire tomber...
> Mais son coup a manqué ;
> Elle a le nez cassé.
> Dansons la carmagnole, etc.

1. *Carmagnole royaliste.* Anonyme.

Son mari se croyant vainqueur
Connaissait peu notre valeur.
Va, Louis, gros paour,
Du Temple dans la tour.
Dansons la carmagnole,
Vive le son, vive le son,
Dansons la carmagnole,
Vive le son du canon!

La rue était déserte, l'abbé Claude rentra chez
lui, pâle et muet de terreur.

CHAPITRE III.

LE CITOYEN SCÆVOLA.

Nous devons maintenant, pour l'intelligence du récit, nous reporter à quelques années en arrière; faisons une halte en attendant: lecteur, le voulez-vous? Nous n'avons gravi jusqu'à présent que des sentiers arides au milieu des ruines dont la France se couvre. La désolation, comme un désert sans bornes, se déroule devant nous. Je suis fatigué du peu de chemin que nous avons parcouru, épouvanté de celui qui nous reste à parcourir encore; je trouve une oasis sur ma route; lecteur, reposons-nous.

Vous autres, Parisiens pur sang, vous ne connaissez guère de montagnes que quelques plis de terrain comme la butte crayeuse de Montmartre; colline dégénérée, enlaidie, que la civilisation a dépouillée de ses fleurs et de sa ver-

dure, pour ne lui donner en échange que la noire
fumée de ses fabriques et la toile blanche de ses
moulins. Votre Mont-Valérien est le Mont-Blanc
de vos Alpes microscopiques, et sur celui-là aussi
le souffle de la civilisation a passé. Vous l'avez
déshérité non-seulement de toutes ses beautés
champêtres, mais encore e tous ses monuments
religieux. Le chemin du Calvaire qui serpentait,
sur les flancs de cette colline, les quatorze Sta-
tions de la voie douloureuse, la Croix et le Tombeau du Christ, tout cela a disparu sous vos bas-
tions, vos demi-lunes, vos contrescarpes, et sous
les roues d'airain de vos canons. Hélas! il ne
lui reste plus que le gracieux souvenir de sainte
Geneviève, qui gardait ses brebis dans cette solitude, d'où montait vers le ciel, comme la vapeur
de l'encens qui brûle, le parfum des prières avec
l'arome des fleurs. Oh! vous êtes à plaindre, enfants de la grande cité! Vos bois ne sont que des
bosquets peignés comme des parterres, vos lacs
ne sont que des miroirs encadrés dans la pierre
de taille, votre rivière est boueuse, votre ciel
est gris; et vous ne pouvez jouir de la nature
qu'en toile peinte, à l'Opéra.

Suivez-moi, je vous montrerai de véritables
montagnes; nous admirerons ensemble des ga-

zons que la poussière de vos villes n'a point ter-
nis, des fleurs que la main de l'homme n'a point
cultivées, des forêts tout entières suspendues
sur le flanc de l'abîme entre le torrent qui tonne
et la neige éternelle qui réluit. Nous sommes
dans l'ancienne province du Roussillon; hélas !
comme toutes les autres provinces autrefois ses
sœurs de gloire, ses compagnes d'infortune aujourd'hui, elle a tout perdu, même son nom. La
République française a guillotiné les nobles et
mutilé l'histoire; elle a déclaré la guerre aux
souvenirs; elle a proscrit le passé; plus barbare
cent fois que les sauvages de l'Amérique, elle a
jeté au vent les cendres de ses aïeux; son funeste niveau s'est promené sur tous les noms his-
toriques; elle a élevé une digue sur le fleuve des
traditions nationales; elle s'est barricadée contre
la gloire héréditaire comme on se barricade
contre la peste; et après avoir rompu brusquement avec tout ce qui n'était pas elle-même, elle
est demeurée isolée entre le passé et l'avenir dans
le lazaret de son orgueil.

Nous sommes en Roussillon, aux pieds des
Pyrénées, entre les racines du mont Canigou,
non pas le plus élevé, mais le plus beau, sans
contredit, de toute cette partie de la chaîne. Il

s'élance au-dessus des montagnes qui l'entou-
rent, comme une immense pyramide au-dessus
des collines sablonneuses du désert. Tantôt il
baigne dans une mer de nuages ou il fait briller
au soleil sa tête mutilée par la foudre ; tantôt il
se détache dans toute la pureté de ses lignes sur
le crépuscule du soir, comme un relief magnifique sur du marbre ; tantôt il jette sur les mille
détails de ses beautés sauvages la gaze transpa-
rente de ses humides brouillards ; tantôt enfin
il amoncelle autour de lui les ténèbres palpables,
il se retire tout entier dans les mystérieuses
horreurs de son inaccessible solitude et cache
à tous les regards sa lutte avec les éléments.
Comme tous les grands de la terre, il a de quoi
choisir dans le trésor de ses parures : mais soit
qu'il fasse resplendir sous les premiers feux de
l'aurore les innombrables diamants de sa couronne de neige ; soit qu'il abandonne à la douce
haleine du printemps les odorantes exhalaisons
de la flore pyrénéenne ; soit, au contraire, que
les orages et l'ouragan des montagnes s'engouf-
frent en mugissant dans ses noires forêts, et
fassent retentir ses échos du double tonnerre de
ses torrents et de ses tempêtes, sous quelque aspect qu'il se présente, en un mot, c'est toujours

le roi de nos Pyrénées, s'il n'en est pas le géant.

A une hauteur assez considérable sur la pente de cette montagne, on trouve les ruines d'un ancien monastère de Bénédictins. Des pierres, des décombres, des pans de muraille, des sculptures grossières ; une église, dont les trois nefs se distinguaient encore il n'y a que peu d'années, mais dont la voûte s'écroulait peu à peu tous les jours ; une autre église souterraine, vaste caveau funéraire, qui ne peut plus abriter les cendres de ses morts ; voilà tout ce qui reste aujourd'hui du monastère de Saint-Martin-du-Canigou. Cet asile de la prière avait été ouvert aux enfants de saint Benoît, dans les premières années du xiᵉ siècle, par le comte Wifred de Cerdagne, qui s'y retira lui-même, y prit l'habit de l'Ordre, et y mourut.

A l'époque vers laquelle notre histoire est obligée de rétrograder, c'est-à-dire en 1790, le monastère de Saint-Martin-du-Canigou était désert. Les six moines dont se composait la communauté avaient sollicité leur sécularisation, qui leur fut accordée par une bulle du Pape du mois de janvier 1781, confirmée par les lettres patentes du Roi du mois d'avril 1782. Le peu de ressources de cette maison, le mauvais

état des bâtiments et les réparations devenues
indispensables, l'âge avancé et les infirmités des
religieux, la rigueur d'un climat inhospitalier,
tels furent les motifs qui déterminèrent l'autorité
ecclésiastique. Au reste, et cette considération
dut agir puissamment sur l'esprit des moines et
des supérieurs, la communauté de Saint-Martin-
du-Canigou devait nécessairement s'éteindre
avec les religieux alors vivants ; les art. 6, 7 et
9 de l'édit du mois de mars 1768 ne lui laissaient
point d'autre avenir [1].

Parmi les moines sécularisés à cette époque,
se trouvait un frère lai nommé Pacôme. Il y

1. Voici les noms des six derniers moines du monastère
de Saint-Martin : Jean-Marie de Montpie, abbé ; François
Sicart, Bernard Cavailhon, François de Collarès, François Terrats, Jean Ay.
Je ne sais quel charme mélancolique s'attache pour
certains esprits, et je suis du nombre, à tout ce qui a été
le dernier terme d'une longue série ; on aime à se reporter
par la pensée au dernier jour de Pompéi, aux dernières
clameurs poussées dans le cirque, à la dernière grand'-
messe célébrée dans une vieille église abandonnée. Ceux
de mes lecteurs qui ont visité les ruines de Saint-Martin,
ceux-là, du moins, qui se plaisent à reconstruire dans
leurs souvenirs le vieux monde disparu, me sauront quelque gré peut-être d'avoir conservé les noms des six derniers habitants de cette solitude.

avait quarante ans alors que frère Pacôme faisait partie de la communauté de Saint-Martin, et qu'il ne s'était jamais absenté du monastère ni assez loin ni assez longtemps pour ne plus entendre le son de ses cloches ; quarante ans, qu'il avait continuellement sous les yeux les mêmes montagnes, les mêmes torrents, les mêmes forêts ; qu'il respirait au printemps les mêmes senteurs, qu'il priait tous les jours dans la même église, se promenait en méditant dans le même cloître, et s'endormait tous les soirs dans sa même petite cellule de moine ; quarante ans qu'il aimait toutes ces choses comme on aime une patrie, une famille, et que sa vie s'écoulait doucement entre le travail et la prière, comme un ruisseau limpide, dans le lit que lui avait tracé la règle de saint Benoît. Toutes ses affections sur la terre avaient fini par se concentrer dans ce petit espace, où les murmures du monde ne lui arrivaient que comme les bruits lointains de la mer. Il ne comprenait pas la vie en dehors du territoire de Saint-Martin ; et ses souvenirs les plus doux n'en franchissaient jamais les limites, de même qu'aucune de ses espérances terrestres n'allait jamais au delà.

Sécularisé avec ses frères, il ne voulut point

rentrer dans un monde qu'il ne connaissait plus.
Les huit cents livres de rente viagère que la
bulle de sécularisation lui assurait, suffisaient
largement à tous les besoins du vieux moine, en
quelque endroit qu'il lui convint de fixer sa demeure. Il ne songea même pas à descendre dans
la plaine ; il resta seul dans le monastère abandonné où il avait vécu, où il voulait mourir. Ce
n'était pas là d'ailleurs une résolution folle et
désespérée ; Saint-Martin est un désert, sans
doute, mais le village de Castell n'en est pas
éloigné, et frère Pacôme comptait sur ce village
pour tous les secours spirituels et temporels que
sa position et son grand âge réclamaient.

Demeuré seul dans ce vaste édifice, dont
chaque pierre lui rappelait un souvenir, frère
Pacôme commença une vie d'abnégation et de
sublime dévouement. Le monastère n'était plus
pour lui un être inanimé ; c'était un vieillard
dont sa tendresse filiale avait entrepris de soi-
gner, de ralentir, autant que possible, la décrépitude et la caducité. Levé au point du jour, il
parcourait avec sollicitude les différentes pièces
du couvent ; il les nettoyait, les lavait, interrogeait avec une curiosité inquiète l'état de solidité des murailles, en arrachait les herbes qui

commençaient à croître dans les interstices de la maçonnerie; et toutes celles qu'il ne pouvait atteindre, toute pierre qui se disjoignait et qu'il ne pouvait replacer, tout indice de destruction, en un mot, était pour lui comme une nouvelle ride creusée par une maladie lente, mais mortelle, sur le visage d'une mère bien-aimée.

Il n'avait d'autres délassements que les longues heures qu'il passait au chœur; car, bien que relevé de ses vœux, il ne pouvait renoncer à l'habitude de la règle de saint Benoît, qu'il avait observée si longtemps. C'est là que, prosterné au pied d'un autel désormais vide, il offrait avec bonheur à Dieu le sacrifice de son corps et de sa vie, et qu'il s'efforçait de lui offrir avec résignation le sacrifice de cette autre partie de lui-même, de ces vieilles murailles dont la destruction inévitable lui perçait le cœur. Assis quelquefois sur le grand balcon de l'Abbé, situé au-dessus d'un précipice épouvantable, et suspendu comme l'aire d'un aigle entre le ciel et l'abîme, il réfléchissait amèrement, ou plutôt il rêvait; son imagination, ne pouvant se plier à la triste réalité dn présent, allait évoquer un passé de huit années, déjà si loin, hélas! elle repeuplait la longue galerie du cloître, les stalles désertes de l'église. Pour

quelque temps, du moins, l'illusion était complète, tous les souvenirs du moine s'incarnaient;
c'étaient là ses seuls moments de bonheur.

D'autres fois, au contraire, il suivait un sentier étroit, à pente abrupte, creusé sur une des
parois de la montagne. Ce sentier le conduisait
de l'autre côté du précipice, en face du monastère, sur un petit rocher que parcourt un filon
d'asbeste ou d'amiante. De là il embrassait d'un
coup d'œil l'ensemble des bâtiments encore debout. Ce n'était plus le passé, ce n'était plus le
présent, c'était l'avenir qui donnait alors une
teinte plus sombre à ses mélancoliques pensées.
Il se représentait ces vastes édifices détruits,
renversés, bouleversés, par la main rapace des
hommes, plus encore que par l'action irrésistible
mais progressive du temps. Il voyait les colonnes du cloître brisées, les voûtes enfoncées
les pierres elles-mêmes roulant peu à peu dans
l'abime; il entendait les bêlements de la brebis pâturant dans le chœur de l'Église, les hurlements du loup creusant sa tanière dans le
tombeau des moines. Il suivait la décomposition
de ce cadavre de couvent jusqu'à ces dernières
limites où il ne reste plus de ce qui autrefois a été
un homme que ce je ne sais quoi d'informe qui

n'a de nom dans aucune langue. Il pleurait silencieusement alors, et se hâtait de regagner le
monastère, tremblant d'y rencontrer quelque lé-
zarde nouvelle, quelque nouveau symptôme de la
destruction qu'il prévoyait.

Il y avait déjà plusieurs années que le frère
Pacôme vivait ainsi en ermite dans les solitudes
du Mont-Canigou, lorsque l'abbé Claude fut conduit par le cours de ses vastes travaux philolo-
giques à étudier le catalan, qu'il considérait, à
tort ou à raison, comme la première transformation de la langue vulgaire des Romains. Il
vint en Roussillon, résolu de se fixer quelque
temps dans les montagnes, qui devaient lui offrir
l'idiome qu'il se proposait d'étudier plus pur que
dans la plaine, et lui permettre de vérifier, en
outre, sur place, au moyen de la linguistique
comparée, le plus ou moins d'exactitude de
quelques conjectures ethnographiques. Une lettre
du dernier abbé de Saint-Martin, Jean-Marie
de Montpie, lui ouvrit les portes du monastère,
dont la situation lui plut et qu'il prit pour le
point central de ses excursions dans le pays.

Deux ou trois mois s'étaient écoulés depuis que
l'abbé Claude était devenu le compagnon de solitude de frère Pacôme. L'automne touchait à sa

fin ; le vent du nord soufflait par rafales violentes ;
les soupirs de la forêt (il y avait des forêts à
cette époque) se confondaient avec les murmures
du torrent ; une neige fine et glacée rebondissait
sur les vitres du manoir ; des nuages d'un gris
sombre rasaient les flancs de la montagne comme
des flots de fumée, et remplissaient peu à peu le
vide immense de l'abîme qui ressemblait alors à
un cratère de volcan.

La compagnie réunie dans une des salles
basses du monastère se composait de l'abbé
Claude, de frère Pacôme, et de deux vigoureux
montagnards que l'abbé Claude avait pris à son
service pour tout le temps qu'il devait rester en
ces contrées. Un feu clair de bois résineux pétil-
lait dans l'âtre ; les vieilles traditions de la montagne, traditions maintenant oubliées sans doute,
de magiciens et de diables habitant les lacs en-
sorcelés du Canigou, la légende de la fondation
du monastère par Wifred, les aventures toutes
récentes de contrebandiers audacieux et de chas-
seurs intrépides, tout cela donnait à la conversation une teinte de merveilleux et de roma-
nesque admirablement en harmonie avec la
nature sauvage qui environnait le narrateur. Une
longue histoire qui menaçait de se prolonger in-

définiment à travers les mille questions de l'abbé
Claude et les interminables détails dont la héris-
sait frère Pacôme, fut subitement interrompue
par une forte détonation que les échos centu-
plèrent. Les montagnards n'eurent aucune peine
à reconnaître dans ce bruit un coup de fusil assez
rapproché, tiré probablement par un voyageur
en détresse. Le beau chien de l'abbé Claude,
Calby, qui accompagnait ordinairement son maître
dans toutes ses excursions, parut être complète-
ment de leur avis; il se leva, poussa un aboiement prolongé, puis, après avoir interrogé longtemps du nez et de l'oreille les quatre vents du
ciel, il fixa ses grands yeux fauves sur le prêtre,
et attendit.

Deux dangers également terribles menacent
le voyageur surpris en hiver dans la montagne
par une bourrasque neigeuse. Ce n'est plus du
ciel et perpendiculairement que tombe alors la
neige, elle vient de partout; c'est d'en haut,
d'en bas, des quatre points de l'horizon qu'elle
semble accourir avec furie. La rafale se charge
de toute celle qu'elle a balayée sur les hautes
crêtes ou dans les gorges profondes; le vent,
changé en trombe, se fait neige. Pour le malheureux qui se trouve pris dans ces spirales gla-

ciales, tout se voile; le ciel, le chemin, la montagne, tout disparaît; il erre à l'aveugle dans ce
chaos, dans ces ténèbres de neige. Si, par grand
hasard, et dès les premiers pas qu'il essaye, il
ne va point se broyer au fond de quelque précipice, la neige ne tarde pas à pénétrer dans ses
poumons, comme elle a déjà pénétré dans ses
yeux; les oreilles lui tintent, sa poitrine s'op-
presse, sa respiration devient de plus en plus sac-
cadée et haletante, une fatigue indicible s'empare
de ses membres; il s'arrête et s'assied. Repos
perfide! Le froid, qui n'est plus combattu par un
exercice violent, produit alors son effet accou-
tumé : la circulation du sang se ralentit, une
somnolence irrésistible vient s'appesantir sur le
cerveau; la fatigue, le froid, la crainte, l'espérance elle-même, tout s'anéantit, tout se fond
dans un sentiment de bien-être universel; on ne
résiste plus, on se livre tout entier à ces cajole-
ries du sommeil, à ces coquetteries de la mort;
les nerfs se détendent, les paupières s'alour-
dissent, les yeux se ferment, on s'endort et on
ne se réveille plus; on meurt.

Il n'y avait donc pas un moment à perdre si
on voulait sauver le malheureux dont le signal
de détresse venait de se faire entendre. Les

montagnards, qui le savaient bien, prirent leurs
dispositions à la hâte; et précédés par Calby,
suivis de l'abbé Claude et de frère Pacôme, ils
se mirent immédiatement à la recherche du voyageur égaré.

L'entreprise n'était pas facile : un voile de
brouillards enveloppait la montagne ; une neige
fine et dure comme des grains de sable fouettait
la figure de nos aventuriers ; car celle qui couvrait la terre, aussi loin que la vue pouvait
s'étendre, s'élevait en épais tourbillons, chassée
par un vent violent, et ne permettait pas d'apercevoir le précipice toujours béant à quelques pas,
souvent même à quelques pouces, de l'étroit sentier qu'il fallait gravir. Le torrent grondait, les
vastes forêts qui existaient à cette époque mugis-
saient, les quartiers de rochers roulaient avec
fracas ; dans le lointain et par intervalles, les
loups hurlaient ; et la tempête rugissait dans la
montagne comme une tigresse à qui l'on veut enlever sa proie.

Il y avait déjà plusieurs heures que l'abbé
Claude et ses trois compagnons marchaient dans
ce chaos, à tâtons, pour ainsi dire, sondant le
terrain à chaque pas, et souvent obligés de se
battre rudement les uns les autres pour ne pas

céder à ce sommeil perfide qui, en de pareilles circonstances, est toujours l'avant-coureur de la mort. Il est assez inutile de dire qu'ils ne se dirigeaient guère qu'au hasard vers l'endroit d'où ils supposaient que le coup de fusil était parti. Ce fut ainsi qu'ils arrivèrent en haut d'une rampe escarpée et abrupte d'où il est probable qu'ils ne seraient jamais revenus si la tempête ne s'était point apaisée en ce moment. C'était un plateau fort élevé, assez vaste, entièrement découvert, et entouré de toutes parts de précipices horribles ; les sentiers par lesquels on y arrivait n'étaient praticables sans danger que pour les isards ou chamois des Pyrénées. Une baraque de pierres superposées et ne tenant que par leur propre poids s'élevait dans un des angles de ce plateau ; mais au moment où nos aventuriers y arrivèrent, elle avait presque entièrement disparu sous la neige qu'un tourbillon de vent avait amoncelée de ce côté. A peine le chien de Terre-Neuve eut-il mis le pied sur cette surface comparativement unie, qu'il s'arrêta un moment comme indécis ; puis, recouvrant tout à coup le plein exercice de son odorat si subtil, désorienté jusqu'alors par la violence de l'orage, il se mit à courir vers cette baraque dont il fit plusieurs fois le tour,

tantôt aboyant, tantôt flairant, tantôt creusant le
sol avec ses pattes ou le labourant de son museau. De temps à autre il enfonçait sa grosse tête
presque tout entière dans la neige qui ensevelis-
sait la cabane, puis il la retirait brusquement en
secouant ses longues oreilles velues qui lançaient
dans toutes les directions une pluie de poussière
blanche. Il se retournait alors vers son maître,
et son regard, qui se faisait suppliant, sa voix,
qui prenait une inflexion toute particulière, semblaient demander l'aide de l'homme pour l'ac-
complissement d'une tâche qu'il sentait évidemment au-dessus de ses propres forces. L'abbé
Claude ne douta pas un moment que le voyageur
dont ils avaient entendu le signal de détresse
n'eût trouvé un refuge, peut-être même une
tombe, dans cette masure glacée. Lui et ses compagnons se hâtèrent de déblayer la neige qui en
obstruait l'entrée, et lorsqu'ils eurent enfin pénétré dans l'intérieur, ils reconnurent que leurs
conjectures ne les avaient pas trompés : un jeune
homme enveloppé dans un manteau gisait étendu
sur le sol, dans une immobilité complète. L'abbé
Claude, qui dans le cercle de ses vastes études
embrassait presque toutes les parties de la science,
examina attentivement ce corps inerte, et se con-

vainquit bientôt qu'il n'y avait point absence totale, mais seulement suspension de la vie. Tous
les secours dont on pouvait disposer en ce moment furent prodigués à l'inconnu, qui ne tarda
pas à recouvrer sa connaissance, et qui, au bout
de quelques minutes, se trouva entièrement hors
de danger. On apprit de lui qu'un naufrage l'avait
jeté sur les côtes de Collioure, d'où il s'était rendu
à Céret ; que là il avait pris un guide pour traverser la montagne ; et que le but de son voyage
était le monastère de Saint-Martin, où on lui
avait appris à Collioure que résidait momentanément l'abbé Claude ; il était porteur de deux
lettres pour ce digne ecclésiastique, dont l'une du
curé de Collioure, et l'autre d'au delà les mers.
Lui et son guide avaient été surpris par la bourrasque quelques heures avant d'arriver sur ce
plateau. Lorsqu'ils y furent enfin parvenus, il
lui devint impossible de lutter plus longtemps
contre l'orage ; il éprouvait des défaillances, des
vertiges ; l'engourdissement le gagnait peu à peu.
Son guide lui conseilla de se réfugier dans la cabane, pendant qu'il irait lui-même chercher des
secours au monastère, qui ne pouvait plus être
fort éloigné. Le montagnard partit et ne revint
pas ; il s'était probablement égaré dans ce chaos

de neiges, et devait avoir tiré le coup de fus'l qui avait donné l'alarme au couvent. Tels furent les renseignements fournis par l'étranger. Quelque pénible que cette nécessité parût à l'abbé Claude, il fallut bien abandonner le guide à son malheureux sort; car il était fort difficile de soupçonner de quel côté il s'était perdu; et en supposant même, ce qui ne paraissait guère possible, qu'il eût pu résister à la violence de l'orage, la nuit qui arrivait de plus en plus obscure et froide rendait complétement impraticable non-seulement toute tentative de recherche, mais encore le retour lui-même à Saint-Martin.

Il fut donc décidé que l'on passerait la nuit sur le plateau. Les arbres et les broussailles qui croissaient sur le penchant du précipice fournirent une assez grande quantité de feuilles sèches et de bois mort. On alluma du feu à l'entrée de la cabane, et après avoir soupé des provisions un peu trop frugales qui se trouvaient dans les havre-sacs, chacun de nos aventuriers s'enveloppa dans son manteau, se roula dans la paille dont tout le sol de leur asile était jonché et s'endormit.

Vers le milieu de la nuit, ils furent réveillés par des hurlements épouvantables qui partaient

de tous les points du plateau; c'étaient les loups.
Le merveilleux odorat de ces brigands de la
montagne leur avait révélé, à plus d'une lieue à
la ronde, la présence d'une proie à dévorer; et
comme le feu n'avait pas tardé à s'éteindre,
faute d'aliment, aucun obstacle ne les·séparait
plus de la chair fraîche qu'ils convoitaient. Ils
étaient donc accourus en foule, et la petite plaine
en était littéralement couverte. Le ciel était si
sombre qu'on ne pouvait guère les apercevoir
qu'en masse et confusément, mais cette circons·
tance, bien loin d'enlever quoique ce fût à l'horreur d'un pareil spectacle, ne servait au contraire
qu'à donner au danger, malheureusement trop
réel, quelque chose d'indéfini, de mystérieux et
d'infernal. Les yeux de ces animaux étincelaient
dans la nuit noire comme des charbons embrasés;
et cette multitude de points lumineux s'agitait,
courait, bondissait en se rapprochant de la cabane, pendant que les hurlements retentissaient
dans les ténèbres comme la tempête sur une mer
phosphorescente qui mugit. Le danger devenait de
plus en plus formidable pour les voyageurs. Ils
s'étaient prosternés et priaient Dieu, car ils ne
voyaient aucune chance terrestre d'échapper à
une mort affreuse. Ils n'avaient point d'armes

pour se défendre, et leur retraite elle-même ne
pouvait se fermer, bien que l'emplacement pri-
mitivement destiné à recevoir une porte fût assez
exigu pour qu'un loup de fort grande taille ne
pût y passer qu'avec difficulté. En ce moment
l'obscurité devint encore plus compacte dans l'intérieur de la cabane ; c'était un énorme loup qui
en obstruait l'entrée, et qui avait déjà réussi à
introduire dans l'étroite ouverture sa tête tout
entière que le reste du corps suivait peu à peu. A
cette vue, le chien de l'abbé Claude gronde et se
précipite à la rencontre de la terrible bête ; mais
quoique le loup n'eût encore que la tête de libre,
et que dans cette lutte désespérée il ne pût faire
usage que de ses dents, la victoire ne fut pas un
moment douteuse ; une minute ne s'était pas encore écoulée, que Calby, les oreilles déchirées,
la tête sanglante, n'osait plus attaquer et en était
réduit à aboyer avec fureur, tandis que son redoutable adversaire gagnait progressivement du
terrain. Dès le commencement de cette alerte, le
jeune étranger avait allumé un fort gros cigare
d'Amérique qu'il tenait à la main en ce moment ;
l'idée lui vint d'en faire une arme, il secoua la
cendre, aspira et rejeta violemment de sa bouche
deux ou trois bouffées d'une fumée épaisse, puis,

le bras tendu, et ce rouleau de tabac à la main, comme une épée, il s'avança résolûment vers le loup. A l'aspect de cette braise toute rouge, le monstre eut peur et s'arrêta comme indécis dans son mouvement de progression ; mais comme il ne se décida pas à opérer immédiatement sa retraite, le jeune homme se rapprocha encore davantage, et lui promena vigoureusement sur le museau le bout incandescent du cigare dont l'âcre fumée l'aveuglait en même temps. Le loup se mit à hurler de douleur et d'épouvante, et sortant précipitamment de l'étroit passage dans lequel il s'était engagé à l'aventure, il disparut. L'étranger se posta alors à l'entrée de la cabane dont les loups s'approchaient de temps à autre, mais qu'ils n'essayèrent plus de forcer. L'abbé Claude et ses compagnons se crurent sauvés ; ils espéraient tenir ainsi leurs ennemis en respect pendant toute la nuit et se flattaient que, suivant l'usage des animaux carnassiers, lorsqu'ils ne sont pas trop pressés par la faim, ils se retireraient dans les bois à la naissance du jour. La chute d'une grosse pierre faisant partie de celles qui couvraient la cabane les tira subitement de leur illusion ; par l'ouverture que cette pierre avait laissée en tombant, ils aperçurent les yeux

flamboyants d'un loup. Ces animaux, en effet,
n'osant plus s'approcher de la porte, avaient profité d'un talus formé par la neige contre les parois extérieures de la cabane, et, parvenus enfin
sur le toit, ils y avaient pratiqué une ouverture qu'ils travaillaient de la mâchoire et des
pattes à agrandir. Cette dernière tentative devait
tourner à la confusion des assaillants. Après
quelques moments donnés à l'effroi et à la surprise, les montagnards, voyant un passage libre
suffisant pour que la fumée pût s'échapper, se
hâtèrent d'allumer de la paille et des branchages
au-dessous de l'ouverture que les loups entou-
raient. Les pierres détachées du toit de la cabane
furent entassées à l'entrée, où elles formèrent un
petit mur assez solide pour qu'il n'y eût plus rien
à craindre de ce côté. Cette double manœuvre
réussit ; les hurlements s'éloignèrent et finirent
par se perdre peu à peu. Quelques loups plus hardis ou plus affamés que les autres rôdèrent, il
est vrai, pendant toute la nuit aux environs de
la cabane ; mais ils se retirèrent au crépuscule ;
et quand le jour se fut levé, dans tout le cercle
que pouvait embrasser la vue, les assiégés, sortis
enfin de leur retraite, n'aperçurent plus de danger nulle part.

Le retour au monastère n'offrit aucun incident remarquable. Le cadavre du guide fut retrouvé plus tard, à moitié dévoré par les loups et les oiseaux de proie.

Le lendemain de ce jour qui avait failli être si funeste aux habitants de Saint-Martin, l'abbé Claude et son nouveau compagnon soupèrent ensemble, mais seuls, dans la grande chambre abbatiale. Le repas terminé, le jeune homme, sur l'invitation du prêtre, lui raconta en ces termes l'histoire des événements extraordinaires qui les avaient réunis :

Je suis le fils unique du baron de Starksteinberg, dont la famille, d'origine allemande, s'était fixée en Provence sur de vastes propriétés qui lui appartenaient. J'avais dix-huit ans à peine, lorsque nous reçûmes la visite complétement inattendue d'un de mes oncles dont la vie tout entière était un véritable roman. A la suite d'aventures étranges que je vous raconterai quelque jour, mais qui n'ont aucun rapport avec ma propre histoire, mon oncle avait quitté son pays, visité l'Europe, l'Afrique, l'Amérique, et avait fini par s'établir dans les îles Philippines, où il s'était acquis, par je ne sais quelles opérations commerciales, une fortune de plusieurs millions.

C'était un homme de soixante ans à peu près, mais qui paraissait en avoir soixante-dix et même davantage, tant il avait été usé par les chagrins, les inquiétudes, les fatigues morales et physiques, qui donnaient à toute sa personne un air de décrépitude anticipée. C'est presque toujours par où il a péché que l'homme est puni sur cette terre. Mon oncle s'était obstiné à poursuivre le bonheur loin du foyer domestique ; son humeur indépendante ne pouvait s'accommoder de ces mille petits liens si doux qui nous attachent à la vie de famille, de ces mille petits soucis toujours si pleins de charmes, qui nous rappellent à chaque minute que nous sommes pères, fils, époux. Il s'était isolé dans une liberté orgueilleuse et cet isolement, qui n'avait point la religion pour cause, avait fini par peser sur lui comme une malédiction. Tout ce qui s'achète et se vend, il l'avait ; mais on n'achète pas l'affection de domestiques mercenaires ; on n'achète pas le bonheur de se sentir revivre dans ses enfants ; les attentions, les soins de chaque jour, cette atmosphère de dévouement et de tendresse dont vous entoure une compagne bien-aimée ; on n'achète pas ces larmes qui sortent du cœur et qui coulent sur votre lit d'agonie, ces prières ardentes, si pleines de foi, de résignation et d'espérance, qui vous accompagnent sur le seuil de l'éternité et qui vous suivent encore de l'autre côté de la tombe; la vie de famille et la mort dans la famille, en un mot. Et maintenant que la illesse était venue, toutes ces choses faisaient cruellement défaut à mon pauvre oncle. Il voulut essayer de ressaisir au moins une épave de ce bonheur perdu, il concentra sur moi toutes ses affections; et plus tard, lorsque d'importantes affaires, des nécessités inexorables le rappelèrent chez lui, il me proposa de l'accompagner aux Philippines. Confiez-moi votre fils, dit-il à mon père, je suis vieux et infirme; ce ne peut être qu'une absence fort courte, quelques années à peine, après lesquelles il réalisera mon héritage et reviendra en Europe avec une fortune de nabab.

Je n'avais plus de mère. Quelque séduisante que fût l'offre de mon oncle, mon père n'aurait jamais eu le courage de l'accepter, sans doute; mais j'étais fasciné et je voulais partir. Je priai, je pressai, je me montrai si résolu et si ferme, mon oncle me seconda tellement, que nous arrachâmes plutôt que nous n'obtinmes le consentement de mon père, et que notre départ fut ré-

solu. Nous partîmes; quelques mois après nous
abordions aux Philippines, où j'ai demeuré près
de dix ans.

Pendant mon séjour dans ces îles, je me liai
avec un Français de mon âge, dont la taille, la
tournure, la physionomie, les manières avaient
avec les miennes des rapports de ressemblance
merveilleusement frappants.

L'existence tout entière de Jacques, c'était le
nom de mon nouvel ami, était un mystère impénétrable offert à la curiosité de nos colons, une
énigme dont personne n'avait encore trouvé le
mot. On ne lui connaissait pas de famille, il ne
tenait à rien, il était arrivé aux Philippines
sans lettres de recommandation, sans pacotille;
le capitaine qui l'avait amené l'avait pris à Ma-
cao, et tout ce qu'il pouvait ou voulait en dire se
réduisait à si peu de chose, qu'il était complète-
ment impossible de rien conjecturer à son égard.
Jacques n'avait point de fortune connue; il vivait
cependant d'une manière fort honorable, faisait
beaucoup de dépenses et menait grand train. Il
s'était créé des relations d'amitié ou de conve-
nance avec les principales maisons de Manille,
mais il n'avait de relations d'affaires avec personne. De fréquents voyages, dont il cachait

soigneusement, sans toutefois paraître y attacher
une grande importance, le but et les motifs, de
sombres préoccupations qu'il ne parvenait pas
toujours à dissimuler sous l'air de frivolité qu'il
affichait, un je ne sais quoi d'étrange qui montait de temps à autre à la surface de sa vie comme
un indice passager des courants invisibles qui en
troublaient le fond; tout cela, et mille petites
choses mystérieuses qui demeuraient inexpli-
quées, donnèrent lieu, dans les premiers temps
de son séjour, à des soupçons qu'aucune circonstance particulière ne vint confirmer dans la suite.
On parlait vaguement de piraterie, de contrebande; d'une association criminelle entre lui et
les pirates ou les fraudeurs chinois. Peu à peu
cependant ces bruits tombèrent; on s'habitua à
voir disparaître et revenir tout à coup le nouveau
colon; et comme il était riche, aimable, bien
élevé, qu'il ne demandait jamais aucun service
et qu'il en rendait, au contraire, quelquefois, on
finit par l'accueillir avec bienveillance; il se fit
accepter par tout le monde, recevoir et désirer
dans les meilleures maisons.

Je me liai avec Jacques; vous verrez tout à
l'heure quelles furent pour moi les terribles conséquences de cette funeste liaison.

4

Les années s'écoulèrent cependant ; le bonheur de ne plus se sentir isolé dans le monde avait exercé une influence favorable sur la santé de mon oncle. Je m'accommodais à merveille de mon existence moitié européenne, moitié asiatique ; et si je pensais encore quelquefois à la France, ce n'était que pour former le projet d'aller passer quelque temps près de mon père, projet que je formais à peu près tous les ans, et dont la réalisation était toujours invariablement renvoyée par mon oncle à l'année suivante. D'année en année, ce voyage, dont au fond je m'effrayais un peu moi-même, aurait fini par se trouver indéfiniment ajourné sans doute, si nous n'avions pas reçu la nouvelle complétement inattendue de la mort de mon père. Je pleurai amèrement à la réception de cette nouvelle, et je commençai à me reprocher d'autant plus ma longue absence, que, d'après la lettre de mon correspondant, il y avait eu dans la mort du baron de Stacksteinberg quelques circonstances réellement fort extraordinaires, qui m'auraient volontiers fait croire à un crime, pour peu que j'eusse pu en soupçonner l'auteur ou les motifs. Au reste, des intérêts trop importants m'appelaient alors en Europe, pour que mon oncle lui-même ne me pressât point

de partir. Je lui promis de terminer mes affaires
en France dans le plus bref délai possible, et de
revenir me fixer définitivement aux Philippines,
puisque désormais aucun lien de famille ne me
retenait plus dans mon pays natal.

Je m'occupai activement, en conséquence, à
faire dresser tous les actes, à réunir toutes les
pièces qui devaient servir à constater mon identité et à me faciliter la prise de possession immédiate de l'héritage du baron. Naturellement le
bruit de mon prochain départ s'était répandu
dans Manille et faisait le sujet de toutes les con-
versations. Jacques en avait été instruit un des
premiers ; depuis ce moment il redoublait pour
moi de soins, de prévenances ; il s'était consti-
tué, pour ainsi dire, mon secrétaire, mon intendant, mon factotum, et ne me quittait guère
plus. Il me déclara un jour en confidence que
quelques affaires l'appelaient lui-même en Europe; et que si je voulais consentir à faire le
voyage avec lui à frais communs, il n'hésiterait
plus à partir, comme il le faisait depuis longtemps. Nous y gagnerons autant l'un que l'autre,
ajouta-t-il, car voyager avec un ami, n'est-ce
pas emporter un morceau de la patrie avec soi?
J'allais être comme un étranger en France, où

je ne connaissais personne; je m'effrayais d'a-
vance de l'isolement où je devais nécessairement
me trouver dans ce pays que j'avais quitté si
jeune, presque enfant, et que, surtout depuis la
mort de mon père, je m'étais habitué à ne plus
considérer comme le mien. J'acceptai donc avec
reconnaissance l'offre de Jacques, et notre départ commun fut résolu. Trois mois après, le bâtiment qui nous portait en Europe quittait Manille.

Notre navigation promettait d'être heureuse,
mais ces présages satisfaisants ne tardèrent pas
à se démentir : les vents contraires nous pous-
sèrent vers les côtes de la Chine, où nous eûmes
grand besoin de tout le courage, de toute l'habileté, de toute la science pratique de notre
capitaine. Un matin, la vigie nous signala un
bâtiment chinois armé en guerre. C'était un magnifique champan, bien vernissé et point en
jaune, portant alors toutes ses voiles de nattes
et se dirigeant vers nous. A cet aspect, tout fut
en mouvement sur notre bord; les passagers in-
terrogeaient anxieusement le capitaine, et les
hommes de l'équipage montaient rapidement,
chacun à son poste, sur les vergues; il s'agissait,
en effet, de prendre chasse et de déployer immédiatement, pour fuir, autant de toile que nous

en pouvions porter. Le bâtiment que nous aviéns
en vue était un de ces innombrables pirates chinois qui ravageaient à cette époque les côtes mé
ridionales de la Chine, et qui ne craignaient pas,
l'expérience ne l'avait que trop démontré, de
s'attaquer à des équipages européens, plus nombreux et beaucoup mieux disciplinés que les
leurs. La résistance était à peu près impossible ;
nous étions peu de monde et mal armés. Nous
avions cependant quelques caronades et un long
canon sur lequel commençait à reposer toute
notre espérance ; car le forban nous gagnait de
vitesse, et la distance qui séparait encore les
deux navires diminuait à vue d'œil.

Au bout d'une heure, le chinois se trouvait à
portée de notre canon. Les siens était beaucoup plus courts, les boulets qu'ils nous en-
voyaient ne faisaient que ricocher sur l'eau sans
nous atteindre. Ce désavantage ne l'empêcha pas
de continuer sa chasse et de se trouver bientôt
après bord contre bord avec nous. Tout ce qu'il
était humainement possible de faire pour éviter
un combat d'abordage dans lequel nous devions
infailliblement succomber, nous le fîmes ; ce fut
en vain ; notre pont ne tarda pas à être envahi
par une foule d'hommes armés de poignards et

4.

de longs bambous qui emmanchaient de larges
lames de sabre. Leur habillement se composait
d'une capote brune fermée jusqu'aux genoux et
de pantalons fort amples. Ils portaient tous sur
leur tête rasée une calotte noire d'où s'échappait,
tressée en forme de queue et leur descendant
jusqu'à mi-jambe, l'unique mèche de cheveux
qu'avait respectée le rasoir. Notre pont ruisselait de sang, les trois quarts d'entre nous avaient
péri ; il fallut se rendre.

Dès le commencement de l'action, les pirates
avaient arboré un pavillon rouge. Lorsqu'ils
combattaient sous cette couleur, ils se montraient
humains après le combat et n'ensanglantaient
jamais leur victoire. Si, au contraire, ils avaient
hissé leur funeste pavillon noir, on nous aurait
coupés en quatre quartiers après nous avoir infligé
une rude bastonnade à grands coups de bambou.

Je n'ai jamais appris ce que devinrent mes
compagnons d'infortune ; ils étaient encore sur
le champan lorsque je les quittai. Jacques et moi
nous fûmes conduits dans une île, chef-lieu de
cette association criminelle. Nous nous flattions
d'obtenir notre liberté moyennant une rançon
plus ou moins considérable, comme cela était déjà
arrivé avant nous à d'autres personnes dans la

même position ; mais le généralissime des pirates, le roi des mers, comme il se fait appeler, paraissait avoir formé d'autres projets sur nous, et ne voulut jamais entendre parler d'une rançon quelconque. J'ai su plus tard qu'il se proposait de nous garder comme otages pour le cas où son fils aîné, pirate comme lui, viendrait à être fait prisonnier par les Européens. Il fallut donc se résoudre à demeurer dans cette île où l'on nous servait tous les jours pour nourriture d'énormes écuellées de chenilles apprêtées au riz.

Nous parvînmes cependant à nous échapper de ce repaire. Ce fut une évasion presque miraculeuse, toute pleine d'aventures et de dangers, mais dont il serait trop long et inutile de vous raconter les détails. Nous errâmes longtemps à l'aide d'une mauvaise boussole de poche sur une mer déserte et orageuse, souffrant cruellement de la faim, de la soif et de la fatigue que nous causaient soit le maniement des rames, soit la manœuvre d'une pesante voile tressée en écorce de bambou.

Nous arrivâmes enfin devant une petite île inhabitée toute couverte de bois et de montagnes. Nous la côtoyâmes pendant plusieurs heures, et bien que nous rencontrassions presque

partout une belle plage sablonneuse légèrement
inclinée où le débarquement eût été facile, Jacques s'obstinait, je ne savais dans quel but, à di-
riger notre embarcation vers un autre point
assez éloigné encore, où la principale chaîne de
montagnes qui traversait l'île venait mourir
dans la mer. Cette partie de la côte ne me paraissait pas d'un accès commode ; je ne voyais
de plage nulle part ; partout, au contraire, ce
n'était que hautes falaises battues et minées par
la vague, bancs de sable et écueils à fleur d'eau,
roches noirâtres se prolongeant au loin dans
toutes les directions, et récifs où le flot se brisait en écumant.

Jacques s'engagea hardiment dans ce labyrinthe, non pas à l'aventure comme je le croyais tout
d'abord, mais en marin habile ou plutôt comme
un véritable pilote qu'une longue expérience aurait familiarisé depuis longtemps avec les difficultés et les dangers de cette côte. Nous entrâmes
bientôt dans une espèce de chenal d'une largeur
et d'une profondeur suffisantes pour qu'un navire
d'assez fort tonnage pût y naviguer aisément. Ce
chenal nous conduisit dans une petite rade per-
due au milieu des rochers, et bordée d'une jolie
ceinture d'un sable jaunâtre qui brillait au soleil.

Une forêt épaisse qui descendait de différentes gorges envoyait en enfants perdus quelques arbres clair-semés et rabougris entre la montagne et la plage. Un petit ruisseau bien limpide sortait de dessous le couvert de la forêt; il faisait une multitude de détours en suivant toutes les ondulations du terrain, et marquait par une ligne de végétation plus touffue les multiples sinuosités de son parcours ; puis il venait enfin se perdre dans les sables avant d'avoir eu le temps d'arriver à la mer.

Nous débarquâmes et tirâmes notre embarcation à sec sur la grève. Jacques se dirigea alors vers la montagne en remontant le cours du ruisseau, je le suivis. Au bout d'un quart d'heure à peu près, nous pénétrions dans une caverne spacieuse dont l'entrée était masquée par une porte de pierre simulant le rocher brut qui s'ouvrait sans bruit, en tournant sur des gonds invisibles, sous la pression d'un ressort. Jugez de mon étonnement (de mon effroi serait peut-être plus juste), lorsque, après avoir franchi cette porte, je me trouvai au milieu d'un vaste magasin tout encombré de caisses, de ballots, de paquets de voiles, de rouleaux de cordages, de munitions de guerre et de bouche, d'armes de toute dimension et de

tout calibre. Jacques n'eut pas l'air de s'apercevoir de ma stupéfaction; il se procura quelques
provisions à la hâte, déboucha une bouteille
d'excellent vin, et m'engagea à partager avec
lui le meilleur repas, le seul repas, devrais-je
dire, que nous eussions fait encore depuis le
moment de notre capture par le pirate chinois.
Il ouvrit ensuite une caisse d'instruments de
marine, y prit une lunette à longs tubes, se passa
une paire de pistolets chargés à la ceinture, et
nous sortimes ensemble de la caverne dont la
porte fut refermée avec soin.

· Vous devinez sans doute que ma confiance dans
mon étrange guide se trouvait alors singulière-
ment ébranlée; je n'avais encore, il est vrai,
aucun motif plausible de crainte personnelle,
mais rien de ce que je venais de voir ne me
paraissait susceptible d'une explication favorable, les inductions que j'en tirais me faisaient
peur. Je me souvenais, en frissonnant, de tous
les bruits qui avaient couru sur le compte de
Jacques dans les premiers temps de son séjour
à Manille, et je sentais le soupçon et l'inquiétude grandir de minute en minute dans mon
esprit. Ce fut bien autre chose quelques moments après.

Je me livrais tristement à ces pensées et je
venais de prendre la résolution, dangereuse
peut-être, d'avoir avec Jacques une explication
définitive, lorsque, levant la tête par hasard, je
l'aperçus en haut d'un rocher fort élevé d'où la
vue devait s'étendre au loin sur la mer : il se
tenait debout; son œil appliqué au verre de sa
lunette paraissait interroger avidement l'horizon. Je le vis ensuite dénouer la ceinture de soie
rouge qui lui serrait la taille et la fixer à une
branche d'arbre, où il la laissa flotter comme
un signal, sans doute ; puis il se baissa, battit
le briquet, et alluma trois petits bûchers qu'il
avait probablement disposés d'avance. Les trois
flammes ne tardèrent pas à s'élancer vives et
claires ; mais elles disparurent tout à coup sous
une brassée de feuilles et de branches vertes,
et les trois bûchers n'envoyèrent plus vers le
ciel que trois colonnes d'une fumée épaisse.
Trois coups de canon venant du large annoncèrent bientôt à Jacques que son signal avait
été vu et compris.

Je commençai alors à trop bien comprendre
moi-même. Il me paraissait évident qu'il existait des relations quelconques, la solidarité du
crime, peut-être, entre celui que je n'osais plus

appeler mon ami et quelque navire d'une nature
plus que suspecte. En proie à une inquiétude
indicible, je me hâtai de regagner la montagne,
et dans mon trouble je marchai longtemps au
hasard sans répondre à la voix de Jacques qui
m'appelait. Je me trouvai enfin de l'autre côté
des rochers sur une plage unie, d'où je voyais
un navire, probablement celui qui avait répondu
aux signaux de l'île, courant des bordées pour
se rapprocher de la côte.

C'était une goëlette armée de dix-huit caronades et d'une longue pièce de chasse. La coque
étroite et allongée, la dimension des voiles, la
hauteur des deux mâts fortement inclinés vers
l'arrière et surmontés de leurs huniers, tout dans
la construction comme dans le gréement de ce
navire avait été calculé en vue de la rapidité
de la course. L'équipage, autant du moins que je
pus en juger par quelques hommes qui se tenaient
en vigie dans les hunes, me parut être européen.

Lorsque la goëlette se trouva à une certaine
distance de la terre, elle mit en panne et descendit
un canot à la mer. Jacques, qui n'avait pas cessé
de me poursuivre depuis qu'il s'était aperçu de
ma fuite, venait de m'atteindre en ce moment;
sa main tremblait, ses yeux étaient hagards, sa

figure livide; il me fit peur...... Mais ici tous
mes souvenirs se confondent, et tout ce que je
puis vous dire avec certitude, c'est que je vis
un éclair, que j'entendis une détonation, et que
je tombai sur le sable, frappé à la tête par une
balle. Puis il me sembla sentir une main qui me
palpait et se glissait sous mes vêtements ; puis
je crus entrevoir, comme à travers un nuage de
sang, un homme qui s'éloignait à force de rames
dans un canot; puis je ne vis plus rien, je ne
sentis plus rien : j'étais évanoui, j'étais mort.

Cet évanouissement fut bien long, sans doute,
mais il me serait impossible de dire combien de
temps il dura. Lorsque je revins à moi, je me
trouvai dans la cabine d'un vaisseau marchand
américain dont la chaloupe m'avait trouvé et
recueilli sur la plage. On s'était empressé de
me rappeler à la vie et de me procurer tous les
secours nécessaires. Pendant plus d'une semaine
ma situation inspira des craintes sérieuses;
mais enfin, l'art ou la nature venant à l'emporter sur le mal, je me sentis assez de force
pour répondre aux questions qu'on ne manquerait pas de m'adresser, et le chirurgien qui avait
sondé et soigné ma blessure déclara qu'il ne
conservait plus le moindre doute sur son entière

guérison. Ce fut alors que le capitaine me remit
un portefeuille qui avait été ramassé à côté de
moi dans une mare de sang; je le reconnus, c'é-
tait celui de Jacques; quant à mes propres papiers, je les réclamai, je les cherchai vainement,
tout ce que je pus en apprendre c'est qu'ils ne
s'étaient trouvés dans aucune de mes poches lors
de mon arrivée à bord. Il va sans dire que je
ne racontai de mes aventures que ce que je ju-
geai convenable; puis, affectant une grande lassi-
tude, je priai qu'on me laissât seul. Il me tardait
de réfléchir à mon aise sur mon étrange position;
il me tardait surtout d'ouvrir le portefeuille de
Jacques, et de trouver enfin le mot de cette
énigme terrible, à moitié convaincu, néanmoins,
que je le tenais depuis mon séjour de quelques
heures dans la petite île, et que c'était précisément pour cela que le misérable m'avait assassiné.

Je me trompais; l'examen du portefeuille de
Jacques me prouva que la vérité dépassait de
beaucoup toutes mes conjectures. L'assassinat
commis sur ma personne n'était point le résultat fortuit de circonstances imprévues. Ma mort,
une mort mystérieuse, ignorée de tout le monde,
se trouvait depuis plusieurs mois dans la pensée

de ce monstre comme la base fondamentale d'un
projet de spoliation hardiment conçu, patiemment
étudié et mûri.

Ce projet, le voici en peu de mots : le baron
de Starksteinberg était mort, et mort, j'en ai
acquis la certitude, d'un de ces poisons lents
qui tuent en détail et à petit bruit, administré à
de faibles doses tous les jours par un complice
de Jacques. L'héritier naturel du baron, c'était
moi ; mais il est clair que si Jacques parvenait à
me faire disparaître, à s'emparer de mon identité, de mes papiers, de mon nom, s'il pouvait se
substituer à moi, en un mot, l'héritier, c'était
lui. Or, le scélérat n'avait fait empoisonner mon
père, que parce qu'il avait bien résolu d'avance
que ce serait lui.

L'exécution de cette œuvre infernale ne présentait pas autant de difficultés qu'on serait
tenté de le croire au premier abord. Il ne me
restait plus en France qu'un très-petit nombre
de parents fort éloignés qui ne m'avaient pas vu
depuis mon départ, dont quelques-uns même ne
me connaissaient pas du tout ou ne me connaissaient que de nom. Je vous ai déjà dit que
Jacques avait mon âge, ma tournure, que notre
ressemblance était frappante; je dois ajouter

qu'il contrefaisait admirablement mon écriture,
et qu'il possédait sur moi et sur ma famille une
foule de détails, de particularités secrètes dont il
était redevable en partie à notre longue intimité,
en partie aux renseignements fournis par son
complice de France. Le seul obstacle réel qu'il
eût donc à faire disparaître, c'était la personne
de celui dont il voulait usurper le nom et la fortune. Mais, bien que la vie d'un homme n'eût
jamais pesé grand'chose dans la balance des
intérêts de Jacques, il y avait là une difficulté
fort sérieuse, capable de déchirer la trame la
mieux ourdie. Il ne s'agissait pas seulement, en
effet, de me tuer purement et simplement, la
chose eût marché de soi-même; le problème,
bien autrement embarrassant à résoudre, consistait à me faire disparaître de telle manière
que ma mort ne laissât point de traces, et que
la vie du meurtrier pût venir se souder en quelque sorte à celle de la victime sans laisser apercevoir la moindre solution de continuité. Depuis
longtemps déjà cette difficulté était prévue et
aplanie.

Il y avait à cette époque-là, dans les mers de
la Chine, un pirate hollandais qui faisait le désespoir et la terreur de tout le commerce euro-

péen, Grâce à une rapidité prodigieuse, à des informations précises et à une connaissance pratique peu commune de ces mers et de ces côtes, il pouvait, pour ainsi dire, paraître et disparaître à volonté, fondre inopinément sur sa proie et échapper comme par sortilége à la poursuite du plus déterminé croiseur. Il se trouvait à la fois partout et nulle part, comme s'il eût été commandé par le diable en personne ; et les craintes malheureusement trop fondées qu'il inspirait, jointes aux frayeurs superstitieuses qui venaient se grouper autour de lui, se trouvaient toutes résumées dans le nom de *Vaisseau-Diable* que lui avait imposé la terreur populaire. On ne possédait, au reste, que quelques renseignements assez vagues sur le forban hollandais ; ceux qui l'avaient vu de plus près n'étaient jamais revenus pour le dire, car il brûlait invariablement, après les avoir pillées, toutes ses prises. Jacques servait d'espion à ce pirate : il l'informait du départ et de l'arrivée des navires, de la nature des chargements, de la force des équipages, de l'époque et de la direction projetée des croisières : c'était, en un mot, l'œil et le pourvoyeur de ce navire de proie. Le bâtiment qui nous portait en Europe ne pouvait donc manquer d'être atta-

qué, pris et brûlé par le forban ; la mer eût fidè-
lement gardé le secret des deux bandits, et
quelques mois après, le faux baron de Starksteinberg, mis en possession de ses propriétés de
France, n'eût jamais raconté l'histoire de son
combat avec les pirates sans donner une larme
à la mémoire de son pauvre ami Jacques tué à
ses côtés. Toutes ces mesures avaient été dé-
jouées par notre rencontre avec le champan chinois, et Jacques s'était trouvé dans la nécessité
d'agir par lui-même selon les circonstances et
en dehors de toutes les prévisions calculées. Au
total, néanmoins, il n'aurait pas eu trop à se
plaindre du hasard, si, peu familiarisé encore
avec l'exécution matérielle du crime, il n'avait
pas laissé tomber son portefeuille de sa poche au
moment où il se baissait sur moi pour m'arracher le mien.

Mais pourquoi, direz-vous sans doute, pourquoi conserver ce portefeuille? Pourquoi n'avoir
pas anéanti cette correspondance, ces pièces,
irrécusable témoignage d'une longue série de
crimes, comme la prudence la plus vulgaire lui
en faisait un devoir? A cela je ne sais que vous
répondre, si ce n'est que j'ai toujours supposé
qu'il voulait, le cas échéant, pouvoir s'en servir

comme d'une arme contre la trahison et les exi-
gences présumées de ses complices. Au surplus,
ce sont là des questions qu'il faut adresser à la
Providence, car c'est le secret de la justice de
Dieu.

L'impression que produisit sur moi la découverte de cette trahison infâme compliqua tellement la fièvre et les autres accidents, suites ordinaires des blessures comme la mienne, qu'elle
présenta tout à coup un caractère de malignité
qu'elle n'avait point eu jusque-là. Ma maladie
fut longue, ma convalescence pénible et difficile,
et plusieurs semaines s'écoulèrent avant que je
fusse complétement rétabli.

Ce ne fut que bien longtemps après ma guérison que le bâtiment qui m'avait recueilli me déposa dans un des ports anglais de l'Amérique du
Nord.

Jamais, peut-être, personne ne s'était vu encore dans une position aussi embarrassante que
la mienne ; je me trouvais sans papiers, sans
argent, sans ressource, dans un pays étranger
dont la langue même ne m'éta qu'imparfaite-
ment connue, et je voyais arriver avec épouvante
la fin des quelques dollars que le capitaine américain, touché de compassion pour moi, m'avait

remis en me quittant. Il fallait vivre cependant, et c'est un terrible problème à résoudre que celui de ne pas mourir de faim dans un pays civilisé, lorsque l'on n'a ni argent, ni crédit, ni protections, ni travail. Ce fut la divine Providence qui voulut bien se charger de la solution.

Une compagnie anglaise s'était formée en 1672 pour l'exploitation du commerce des pelleteries dans la baie d'Hudson; grâce à l'intervention d'un missionnaire catholique, à qui je m'ouvris en secret et qui me donna plus tard une lettre de recommandation pour l'abbé Claude, je parvins à me faire enrôler parmi les agents de cette compagnie. L'apprentissage fut rude : un hiver polaire de huit mois; la terre, la mer, les rivières, toute la nature glacée et morte, des coups de vent furieux chargés de neige; un été comme on n'en voit que dans ces régions désolées : froid glacial et chaleurs brûlantes se succédant sans transition, flaques d'eau et de boue où l'on s'enfonce jusqu'à la ceinture, millions de maringouins affamés; dans l'une et l'autre saison : privations, maladies, scorbut, indiens sauvages; voilà ce que je rencontrai en arrivant à mon poste.

L'ambition commerciale a trouvé une compensation suffisante aux rigueurs de ce climat inhospitalier, dans une pêche très-productive et dans le nombre et la beauté des pelleteries. On en exporte en moyenne pour une somme annuelle de sept à huit cent mille francs. J'étais jeune, robuste, hardi; lorsque les langues indiennes me furent devenues un peu familières, je ne craignis pas de m'aventurer, quoique à travers mille dangers, jusqu'à de fort grandes distances dans l'intérieur des terres ; les circonstances favorables ne me firent point défaut ; et je ne tardai pas à réaliser quelques bénéfices assez considérables.

Ce fut alors que je me décidai à revenir en France. Je venais d'apprendre par une lettre du missionnaire, mon protecteur, que mon oncle était mort après avoir institué son neveu, le baron de Starksteinberg, son héritier universel, et que toutes les propriétés laissées par lui aux Philippines, y compris sa belle maison de Manille, avaient été vendues à différents acquéreurs, en vertu d'une procuration de ce même baron de Starksteinberg, datée de Marseille. A cette nouvelle, je compris qu'il n'y avait point de temps à perdre, et chaque jour de retard commença à me peser comme un acquiescement forcé donné à ma propre spoliation. Je réglai donc toutes mes

5.

affaires aussi promptement que possible ; puis je
me rendis à Québec, où je m'embarquai sur le
premier bâtiment qui mit à la voile pour l'Europe. Vous savez le reste.

L'abbé Claude avait écouté attentivement ce
long récit. Il questionna minutieusement le jeune
baron de Starksteinberg, prit connaissance de
toutes les pièces contenues dans le portefeuille
de Jacques, et, bien convaincu à la fin qu'il n'avait point affaire à un adroit aventurier, il résolut de servir activement le protégé que lui envoyait la Providence. Le lendemain il écrivit à
Marseille, c'était là que demeurait le faux baron ; il recueillit sur le compte de celui-ci une
foule de renseignements, de particularités qui
lui auraient paru inexplicables la veille, mais
qui trouvaient aujourd'hui une explication malheureusement trop naturelle dans la singulière
l'histoire qui venait de lui être racontée. Il engagea le jeune homme à l'attendre au monastère
pendant que lui-même se rendrait à Marseille,
où il sonderait le terrain, étudierait la question
de plus près et verrait le parti qu'il y avait à
prendre.

Quelques jours après, l'abbé Claude était introduit par un valet en livrée dans l'appartement

du faux baron de Starksteinberg. Le négocia-
teur, ou le juge d'instruction, comme on voudra,
était adroit, rusé, maître de lui-même; il avançait pas à pas, observait tout, scrutait tout, calculait tout. Ses paroles, en apparence les plus
insignifiantes, avaient une portée; son investiga-
tion opiniâtre ne déviait jamais de la piste, lors
même qu'elle paraissait s'en éloigner davantage;
et le baron, sans trop savoir pourquoi, se sentait mal à l'aise devant ce prêtre qui ne lui demandait cependant autre chose que quelques renseignements et quelques nonvelles d'outre-mer.
Lorsqu'il ne resta plus le moindre doute dans
l'esprit de l'abbé, il changea tout à coup de ton
et de manières, et, regardant fixement le baron,
il lui dit:

— Jacques !

A cette simple parole, Jacques se sentit tressaillir jusqu'au fond des entrailles; mais, se re-
mettant bientôt par un effort suprême de sa volonté, il leva brusquement la tête, et regarda
lui-même son interlocuteur en homme qui ne
comprend pas.

— La mort a rendu sa proie, continua l'abbé
Claude; l'île des pirates n'a point gardé son secret, et le baron de Starksteinberg vit encore.

— Je ne suppose pas, Monsieur l'Abbé, que vous soyez venu chez moi pour me proposer des énigmes.

— Le mot de cette énigme, c'est vous-même qui l'avez écrit avec du sang dans le portefeuille perdu par vous au moment du meurtre et retrouvé aujourd'hui.

Jacques pâlit affreusement ; à force de crimes, il était bien venu à bout d'apprivoiser le remords, mais il n'avait jamais pu endormir les terreurs plus matérielles qui bourrelaient son âme depuis le jour où il s'était aperçu de la perte de son portefeuille. Le souvenir de ce portefeuille perdu le poursuivait toujours et partout comme un spectre ; c'était le cauchemar de ses nuits, la pensée incessante de ses jours, l'ulcère invisible de ses prospérités. Le malheureux se tenait debout en ce moment contre son bureau, et sa main jouait machinalement avec un superbe couteau à papier dont la lame d'acier poli damasquinée en or servait de gaîne à un stylet. Soit préméditation, soit hasard, ses doigts qui se crispaient convulsivement pressèrent un ressort, et la lame du stylet commença à paraître, brillante, étroite et évidée par le milieu. La pointe de cette arme avait été empoisonnée à

Java ; elle tuait avec la rapidité de la foudre.

L'abbé Claude continua froidement.

— Je ne porte pas sur moi ce portefeuille, et le baron de Starksteinberg sait que je suis chez vous.

La lame du stylet disparut dans son magnifique fourreau. Jacques se rassit ; il voulait paraître calme, mais il était horrible ; il aurait fait peur s'il n'avait fait pitié. Malgré tous ses efforts pour maîtriser son émotion, il ne pouvait dissimuler entièrement le mouvement convulsif qui agitait sa mâchoire inférieure et qui faisait claquer ses dents par un grincement fiévreux. Sa figure passait en un moment du rouge pourpre à une pâleur cadavéreuse ; ses yeux exprimaient tour à tour la rage, l'hébétement, la crainte ; ses cheveux étaient moites, une goutte de sueur traçait lentement un froid sillon sur sa joue, et venait perler sur les malines de son jabot.

Cette crise violente ne dura cependant que quelques secondes ; Jacques était un scélérat trop consommé et trop habile pour ne pas se rendre bientôt maître de lui en présence d'un danger redoutable qu'il ne pouvait conjurer, si toutefois il le pouvait encore, qu'à force de ruse, d'intelligence et de sang-froid.

Revenu à lui, il affecta de croire à une tentative d'escroquerie sur une grande échelle imaginée et exécutée, à l'aide de pièces fausses, par d'adroits et hardis fripons qui auraient pris le trop confiant abbé pour leur première dupe. Sous les révélations dont on le menaçait, ajoutait-il, en puisant une large prise de tabac dans une tabatière d'or, il ne pouvait y avoir, après tout, qu'un effronté chantage dont il devrait peut-être rechercher, poursuivre et faire punir les auteurs, s'il ne se sentait pas une répugnance invincible pour ce métier de limier du bourreau, et s'il n'y avait pas toujours quelque chose à perdre pour un nom aristocratique, même le plus immaculé, à passer par la bouche des avocats et par le griffonnage des procureurs. Il était, du reste, assez riche, concluait-il d'un air dédaigneux, pour se montrer d'une composition facile, et pour acheter n'importe à quel prix son repos, sa tranquillité, et par conséquent l'apocryphe portefeuille dont on venait lui faire un épouvantail.

Jacques venait de se livrer, sans s'en apercevoir peut-être, et peut-être aussi à dessein; mais l'abbé Claude n'était pas en mesure de profiter de cet avantage; il avait compté sur une lutte plus longue, et n'était pas encore bien fixé sur son plan

de campagne et ne voulait pas d'ailleurs assumer
sur lui seul la grave responsabilité des événements. Aussi se garda-t-il bien de manifester en
quoi que ce fût son opinion sur la valeur morale
et matérielle de la transaction qui lui était of-
ferte. En quelques termes qu'elle fût faite, cette
proposition d'arrangement, car il était bien clair
qu'il n'y avait pas autre chose sous ces airs de
grand seigneur, équivalait pour lui à un aveu
complet : elle dénonçait en outre, il le croyait du
moins, une situation à bout d'expédients. C'était
déjà un premier succès et un bon augure pour
l'avenir ; et comme il ne lui en fallait pas davantage pour le moment, il fit une réponse évasive,
promit de revenir et se retira.

De son côté, Jacques n'était pas homme à céder sans combattre. Lui aussi avait remporté un
premier avantage, car il connaissait maintenant
la retraite du baron de Starksteinberg, et probablement aussi l'endroit où se trouvait déposé ce
redoutable portefeuille si gros d'inquiétudes, de
terreurs et de dangers. Pour un homme de sa
trempe, c'était beaucoup ; c'était tout peut-être.
La partie, en effet, ne se présentait point comme
désespérée encore ; pour peu, au contraire, que
le crime pût tenir les cartes, elle était sûre. Mais

il fallait avant tout gagner du temps et n'en pas
perdre. Grâce à des concessions apparentes, il
avait réussi sur le premier point; il s'agissait
maintenant de se hâter; il se hâta.

Le soir du même jour, une felouque contrebandière quitta le port de Marseille, et se dirigea
vers un des points des Pyrénées d'où il était possible, sinon facile dans cette saison, de gagner
le monastère de Saint-Martin-du-Canigou en
traversant la montagne. La semaine suivante, le
monastère de Saint-Martin-du-Canigou était envahi par une troupe de bandits, pillé, bouleversé,
fouillé jusque dans les tombes de ses anciens
moines. Le vieux frère Pacôme mourut de chagrin, mais le terrible portefeuille ne se retrouva
pas.

L'abbé Claude le savait en sûreté et attendait
patiemment que le moment fût arrivé d'en faire
usage. Longtemps après il apprit l'arrivée en
Angleterre de celui que tout le monde croyait
mort. L'histoire du baron était un véritable
tissu d'aventures romanesques. On devait se dé-
faire de lui en pleine mer, afin sans doute que le
crime commis sur sa personne ne laissât point de
traces. Recueilli par un corsaire barbaresque, il
fut vendu sur le marché d'Alger, servit plusieurs

maîtres, et parvint enfin à s'échapper sous le costume d'un officier de la marine anglaise. Il venait
de débarquer à Londres et s'empressait de donner de ses nouvelles à l'abbé Claude, le seul ami
qu'il se connût encore dans le monde.

A cette époque, les restes de Voltaire avaient
été transportés au Panthéon, c'était justice ; les
misérables qui se disaient la France devaient
bien les honneurs de l'apothéose à cette incarna-
tion de l'impiété et de l'orgueil. Le tigre populaire, déjà démuselé, n'avait pas atteint encore le
plus haut paroxysme de sa fureur, mais il essayait
ses dents et ses griffes et commençait à baver
une sanglante écume. La contagion du crime ne
s'était pas concentrée à Paris, elle avait envahi
la province. Aux hurlements des vainqueurs de
la Bastille, répondaient les vociférations des bandits vainqueurs et démolisseurs des châteaux.
Les assassins de Launay, de Foulon, de Fles-
selles trouvaient de dignes émules dans les assassins de Barras, coupé en morceaux sous les
yeux de sa femme enceinte, de Montesson, fusillé
sur le cadavre de son beau-père, et de cette hideuse créature, je n'ose dire une femme, qui dé-
vora le cœur du jeune Belzunce. Des milliers de
familles quittaient en gémissant cette terre dé-

solée ; et sur le chemin de l'exil on tournait bien souvent la tête en arrière, car en arrière c'était la France, une caverne, il est vrai, mais la patrie encore.

L'abbé Claude comprit que le moment de la justice n'était pas venu. Jacques, sous le nom de citoyen Scævola, jouait un rôle important dans toutes les farces tragiques de cette sanglante époque. Il avait été porté haut par le flot révolutionnaire qui montait toujours; son influence était grande, son pouvoir redoutable. Il avait mis en jeu toutes les ressources de ce pouvoir et de cette influence pour rentrer en possession du fatal portefeuille ; mais tous ses efforts étaient venus se briser contre la fermeté et la prudence d'un homme qu'il ne pouvait ni tromper, ni intimider, ni corrompre, et qu'il considérait, en conséquence, comme son plus mortel ennemi.

Le lecteur a maintenant l'explication de la conduite tenue par le citoyen Scævola, lors de la fameuse séance de l'Hôtel-de-Ville, qui avait failli devenir si funeste à l'abbé Claude. Le digne ecclésiastique, en effet, devait emporter avec lui dans la tombe le seul fil qui pût désormais conduire le scélérat dans ses recherches ; il fallait donc que le pauvre prêtre vécût aussi longtemps

que Jacques no lui aurait point arraché son secret, aussi longtemps, du moins, qu'il n'aurait
pas perdu l'espérance de le lui arracher. Sa
mort, du reste, soit comme garantie de son silence, soit, ce qui ne paraissait guère probable
néanmoins, pour que toute trace de ces terribles
papiers pût disparaitre avec lui, était bien réso-
lue dans l'une et l'autre hypothèse.

Tels sont les détails que l'abbé Claude, rentré
chez lui après les événements que nous avons ra-
contés dans le chapitre précédent, donna à son
neveu et à son vieux domestique.

CHAPITRE IV.

FUITE

On était à la fin du mois d'août; les événements allaient se pressant et l'inquiétude augmentait tous les jours. Les frontières étaient envahies par les armées étrangères liguées en apparence dans une pensée commune, mais que des divisions et l'égoïsme politique devaient bientôt réduire à de lâches et funestes temporisations. Les finances étaient épuisées, la terreur planait sur l'Assemblée législative et sur la France entière. Un moment séparés par une mésintelligence, simulée peut-être, l'exécrable Danton, ministre de la justice à cette époque, et le hideux Marat, maître à peu près absolu du comité de surveillance de la Commune, venaient de se réconcilier; ce baiser de paix puait le sang.

Dès ce moment, une rumeur sourde se répan-

dit dans Paris ; il y avait comme une vapeur de
boucherie dans l'atmosphère ; c'était le pressenti-
ment des massacres qui allaient s'accomplir. On se
souvenait en frissonnant de ces terribles paroles
du ministre de la justice, rendues encore plus terribles par le geste qui les accompagnait : *Il faut...
Il faut faire peur aux royalistes;* on relisait les feuilles infâmes de l'immonde Marat. Il y avait déjà
longtemps que l'indignation publique s'était émue
aux atroces rêveries de ce fou sanguinaire ; et
du rapprochement de ces deux monstres, on était
sûr qu'il ne pouvait sortir qu'un crime aux proportions colossales. On parlait vaguement d'ordres donnés par écrit à un chef de bandits nommé Maillard. On disait, et des révélations récentes
ont confirmé ce bruit, qu'il avait été prévenu de
disposer sa troupe d'une manière utile et sûre ;
de l'armer surtout d'assommoirs, de faire porter
tous les coups sur la tête, d'expédier promptement les victimes, de prendre ses précautions
pour que les cris des mourants fussent étouffés ;
de se munir de vinaigre pour en laver les endroits où l'on tuerait, de balais de houx pour bien
racler le sang, et de voitures couvertes pour
transporter les cadavres. Le crime cherchait à
se justifier d'avance en calomniant ceux qu'il al-

lait égorger : lo bruit s'était répandu que les prisonniers se livraient à la fabrication de la fausse monnaie; et qu'un complot horrible, gigantesque, conçu dans l'intérieur des prisons, devait éclater au premier moment et mettre les destins de la France entre les mains des royalistes captifs. C'est une foi bien robuste que celle de l'imbécillité du fanatisme politique ; les sots le crurent, beaucoup firent semblant de le croire ; les instincts féroces s'exaltèrent, les haines, les cupidités, les vengeances brûlèrent plus ardentes ; les honnêtes gens tremblèrent, et la consternation de Paris fut à son comble, car il se sentit parqué dans un abattoir.

Cependant les prisons n'étaient pas encore assez pleines au gré des assassins; la Commune ordonna le désarmement et l'arrestation des suspects. Une pétition fameuse avait protesté, quelques semaines auparavant, contre l'invasion des Tuileries, au 20 juin, par les hordes populaires, contre les outrages prodigués au Roi et à la Reine; tous les signataires de cette pétition furent déclarés suspects. Afin d'assurer ce désarmement et ces arrestations, on enveloppa la capitale dans un vaste réseau de visites domiciliaires; les barrières de Paris furent fermées, le circulation des

voitures interdite, les rues illuminées toutes les
nuits ; la rivière se couvrit de batelets chargés
d'hommes armés; les municipalités environnantes
furent invitées à traquer les bois, les prome-
nades, les campagnes dans les alentours de Paris ; le jour de la grande chasse était arrivé, il
fallait lâcher toutes les meutes. Les visites domiciliaires étaient annoncées par des rappels du
tambour; tout citoyen qui, se trouvant dans une
maison étrangère, ne rentrait pas chez lui à
ce signal, était réputé comme suspect et arrêté
comme tel. On évalue à cinq mille le nombre des
malheureux qui furent arrachés à leurs foyers
dans ces journées désastreuses. Tous les cœurs se
remplirent d'inquiétude, la terreur veillait à chaque chevet. La capitale de la France ressemblait
au cachot des condamnés à mort la veille d'une
exécution.

Personne cependant n'avait plus de sujet de
craindre que l'abbé Claude. Rentré dans sa maison, après sa dernière entrevue avec le citoyen
Scævola, il n'en était plus sorti. Le pouvoir et
la haine de son ennemi, les derniers arrêtés de
la Commune, la persécution qui sévissait plus
particulièrement contre les prêtres réfractaires,
rendaient sa position tellement dangereuse, qu'il

devait à tout prix essayer de franchir les barrières et de s'éloigner de Paris.

Le jour tirait à sa fin. Antoine, le vieux domestique, qui était sorti dès le matin, afin de
préparer la fuite de son maître, n'était pas encore revenu au logis. L'abbé et son neveu Julien
commençaient à être fort inquiets de cette longue
absence, lorsqu'ils entendirent gratter à la porte
de la rue. Un étranger aurait frappé ; cependant
ce ne pouvait être Antoine à qui on avait remis
une clef, pour qu'il pût entrer et sortir à toute
heure sans éveiller l'attention des voisins. Julien
descendit avec précaution ; il s'approcha de la
porte, regarda par le trou de la serrure, et ne vit
rien. Il écouta, l'on recommença à gratter ; il
interrogea le mystérieux visiteur, à voix basse
d'abord, un peu plus haut ensuite ; personne ne
répondit. Il se décida enfin à entr'ouvrir la porte,
bien doucement, bien lentement, tout juste ce
qu'il fallait pour pouvoir regarder au dehors. Il
ne l'eut pas plutôt fait, que le battant lui fut soudainement arraché des mains, et qu'il faillit être
renversé par un grand corps velu qui lui passa
presque entre les jambes, traversa la petite cour
et monta l'escalier en courant. L'obscurité et
l'émotion empêchèrent le jeune homme de recon-

naître au premier coup d'œil cet hôte si pressé.
A moitié rassuré, néanmoins, car l'homme seul
était réellement à craindre dans ces jours néfastes, il referma soigneusement la porte et se hâta
de remonter près de son oncle, qu'il trouva tout
occupé à se défendre contre les caresses par
trop brusques et expressives de son bon chien.
C'était Calby, en effet, qui, sorti dans la matinée avec Antoine, venait de rentrer tout seul
comme un proscrit (c'était l'allure de toutes les
fidélités à cette époque), en donnant une si
chaude alerte à ses deux maîtres alarmés.

Ils n'étaient au bout ni de leurs étonnements
ni de leurs alarmes. Lorsque Calby retrouvait
ses amis après une absence plus ou moins
longue, il courait d'abord comme un fou, en
poussant de petits aboiements de bonheur. Puis il
s'asseyait devant l'abbé Claude, sur ses deux
pattes de derrière, celles de devant tout de leur
long étendues ; et sa queue s'agitait joyeusement
comme un panache, battant le parquet à petits
coups égaux, pendant que sa bonne et grosse tête
caressante s'appuyait sur les genoux du prêtre
qui lui abandonnait complaisamment ses deux
mains à lécher. Cette fois, au contraire, le chien
avait couru tout droit à l'abbé Claude; et presque

6

debout, ses deux énormes pattes appuyées contre
la poitrine de son maitre, il cherchait à attirer
son attention sur un objet d'assez petit volume
qu'il portait serré entre ses dents.

L'Abbé s'en s'empara; c'était un morceau de
papier tout maculé, tout froissé, lacéré même
dans quelques endroits, et tenant encore à un
lambeau d'étoffe qui paraissait avoir appartenu
à une poche d'habit.

Ce chiffon de papier était une lettre; en res-
tituant les lacunes, elle contenait ce qui suit:

« La conspiration tramée dans l'intérieur des
prisons n'a point d'agent plus redoutable à l'ex-
térieur que l'ex-abbé Claude q' 'u as été
chargé de surveiller. Nous savons, à n'en pas
douter, que cet homme a en sa possession des
documents de la plus haute importance : la
liste des conjurés et de leurs complices, l'indi-
cation des dépôts d'armes, la correspondance du
comité royaliste de Paris avec les cours étrangères. Ces pièces ont malheureusement échappé
à toutes les perquisitions; et l'ex-abbé n'a été
laissé libre jusqu'à ce jour que dans l'espérance
que quelque imprudence, quelque oubli, quelque fausse démarche de sa part nous mettrait
enfin sur la voie. Tous nos calculs ont été dé-

joués par l'astuce diabolique de cet homme, un
jésuite déguisé peut-être. C'est donc un obstacle
puisque ce n'est pas un moyen, et cet obstacle
doit être écarté ; cela te regarde. Il t'est enjoint
d'arrêter l'ex-abbé Claude et son domestique
Antoine dans la journée de demain au plus
tard, séparément, et sans qu'ils puissent communiquer ensemble. S'il ne s'agit que de leur
faire peur pour les forcer à parler, je te certifie
qu'ils auront peur. Quant à son neveu Julien,
il faudra provisoirement le laisser libre, et exer-
cer sur lui la plus rigoureuse surveillance. Il
est impossible qu'il n'ait pas reçu de son oncle
des instructions précises pour ce cas ; et ce sera
vraisemblablement de ta faute si l'expérience du
jeune homme ne te découvre pas enfin cette piste
que le vieux renard est toujours parvenu à te
cacher.

« Le Comité de surveillance de la Commune
a confié le soin de toute cette affaire au citoyen
Scœvola. Cet excellent citoyen tient déjà dans
ses mains quelques-uns des fils de l'horrible
trame ourdie dans les prisons ; c'est à lui, et
à lui seul, que tu rendras compte de toutes tes
démarches. Réussissez tous les deux, et vous
aurez tous les deux bien mérité de la patrie. Le

10 août, disait Danton l'autre jour, nous a divisés en républicains et en royalistes ; *les premiers sont peu nombreux, et les seconds beaucoup.* Nous républicains, nous sommes exposés à deux feux, celui de l'ennemi, placé au dehors, et celui des royalistes, placés au dedans. A ces paroles du Ministre de la justice, j'ajoute, moi, que ce n'est pas à Verdun, ce n'est pas aux frontières, c'est à Paris même que se trouvent aujourd'hui nos plus cruels ennemis. Démasquons-les, et le sol de la patrie en sera bientôt débarrassé, car, comme l'a très-bien dit à l'Assemblée nationale le député Chabot, *soumission ou extermination, telle est la devise de notre futur gouvernement.* Vive la liberté ! »

De quelque étrange manière que cette lettre fût parvenue entre les mains de l'abbé Claude, il n'y avait plus à balancer, il fallait fuir. Julien ne risquait rien encore, mais son oncle devait ou se cacher dans Paris, ou traverser les barrières cette nuit même ; il pouvait être trop tard le lendemain. L'Abbé pleura amèrement sur la perte de son ancien domestique, ou, pour mieux dire, de son ami ; mais il ne pouvait plus rien pour ce fidèle serviteur, il fallait en prendre son parti, c'était un homme tombé à la mer

pendant une tempête. Les deux proscrits durent
se résigner et pourvoir par eux-mêmes à leur
propre sûreté. Il fut convenu que l'Abbé se rendrait immédiatement chez un batelier à qui en
des temps plus heureux il avait rendu de signa-
lés services et sur la reconnaissance duquel il
croyait pouvoir compter. Suivant les circonstances, il se cacherait dans la maison de cet
homme, ou s'éloignerait de Paris par la voie de
la Seine. Julien serait averti le lendemain, on
aviserait alors aux moyens de déjouer la surveillance dont on était prévenu maintenant qu'il
allait être l'objet. Quant aux papiers de Jacques,
il n'en fut pas question; les deux proscrits, sans
doute, les savaient en sûreté.

Ce fut pour le fugitif un terrible moment que
celui de son départ. Il allait donc errer seul, à
l'aventure ; quitter son neveu à qui il avait
voué une tendresse de père, ses livres, ses recherches savantes, ses études favorites ; tout
ce qui composait son bonheur ici-bas. Il entra
dans son cabinet et prit quelques arrangements
afin de soustraire à la destructive rapacité de ce
qu'on appelait alors la police au moins un petit
nombre de volumes de choix, ses notes et ses
manuscrits les plus précieux. Le temps pres-

6.

sait; et néanmoins il ne pouvait se résoudre à
abandonner, peut-être pour toujours, ce cabinet
de travail, cette bibliothèque lentement formée,
sa seconde patrie, ses auteurs bien-aimés, sa
seconde famille après son neveu. Il était comme
Ovide, le jour de son départ pour l'exil: *Blando
patriæ retinebar amore.* Bien convaincu de la nécessité de sa fuite, il se cramponnait au moindre prétexte, cependant, pour la différer ne
fût-ce que de quelques minutes. Il sentait que
la chaîne de ses habitudes journalières allait se
rompre, et c'était pour lui comme si quelque
chose se fût brisé dans son cœur. Trois fois il
s'approcha de la porte, et trois fois il revint en
arrière, car il ne pouvait se décider à en franchir le seuil ; et les souvenirs littéraires se mê-
lant malgré lui à son chagrin et à ses inquiétudes poignantes, il murmurait tout bas ces
deux vers d'un poëte qui, lui aussi, en partant
pour l'exil, avait dû quitter à Rome l'autre
moitié de lui-même :

> Ter limen tetigi ; ter sum revocatus : et ipso
> Indulgens animo pes mihi tardus erat.

A la fin, cependant, le courage du chrétien

l'emporta sur les défaillances momentanées du savant. Agenouillé devant son crucifix, cette image vénérée d'un Dieu qui ne trouva pour reposer sa tête que le bois sanglant de la croix, aux pieds d'une statue de la douce Vierge Marie, cette mère de douleurs qui se plaît à être appelée la Consolatrice des Affligés, l'abbé Claude trouva dans la prière une résignation et une énergie dont il ne se serait pas cru capable tout à l'heure. Il bénit et remercia le bon Dieu, qui, suivant une belle expression populaire, mesure toujours le vent à la brebis tondue. Puis il se hâta de revêtir les habits grossiers d'un homme du peuple, embrassa Julien qui fondait en larmes, entr'ouvrit la porte, et après s'être bien assuré qu'il n'était observé par personne, il se glissa dans la rue et partit.

L'abbé Claude cheminait lentement afin de ne point éveiller l'attention. La nuit était noire, le vent soufflait avec violence, ce qui n'empêchait pas de nombreuses patrouilles de sillonner les rues, des groupes de citoyens et de citoyennes plus ou moins déguenillés de hurler les chansons patriotiques de l'époque en se rendant à leurs clubs respectifs. Un de ces groupes plus aviné que les autres remplissait dans toute sa

largeur une rue étroite dans laquelle le fugitif
venait de s'engager. Continuer son chemin eût
été dangereux, retourner en arrière c'était se
rendre suspect ; il ne restait donc plus d'autre
parti à prendre que de se réfugier dans un établissement voisin, moitié café, moitié cabaret,
dont la porte entre-bâillée laissait un libre passage aux éclats de voix des consommateurs et à
la lueur fumeuse des quinquets. Le prêtre entra
résolûment dans ce café, demanda quelques ra-
fraîchissements, et, pour mieux dérouter les
soupçons, une pipe et un journal. L'attention
distraite qu'il prêtait à la feuille révolutionnaire
fut bientôt absorbée par une conversation à
demi-voix tenue à une table voisine de la sienne.
L'abbé Claude ne pouvait pas en suivre le fil,
mais les fragments décousus qu'il parvenait à
saisir de temps à autre étaient de nature à l'inté-
resser vivement :

— Mais comment, diable, le citoyen Scævola
est-il venu à bout de découvrir cette conspiration
infernale ?

— On y mettra bon ordre, sois tranquille ;
ça va chauffer pour tout de bon, à ce qu'il paraît. Je me trouvais chez Danton ce matin, dans
son hôtel, place Vendôme, lorsque son ami

Prudhomme est venu lui demander si les bruits sinistres qui courent depuis deux jours et qui présagent les plus grands malheurs sont réellement fondés. *Le peuple irrité et instruit à temps, a dit le ministre dans le cours de la conversation, veut faire justice lui-même des mauvais citoyens qui sont dans les prisons.* Seulement, a ajouté Camille Desmoulins qui est entré en ce moment, on ne confondra pas les innocents avec les coupables. Tu comprends, hein?

— Parbleu, si je comprends ! *Ah ! ça ira, ça ira, ça ira, les aristocrates, on les pendra !*

— Quel aristocrate enragé que cet abbé Claude !

— Mais c'était donc le diable !

— Je crois que j'aurais lâché l'homme avec plaisir, si à ce prix j'avais pu étrangler le chien.

— Ma poche, une lettre de........

— On l'a empêché de me dévorer, c'est tout ce qu'on a pu faire.

— Quelques morsures seulement; mais la veste, l'habit, la culotte sont en lambeaux.

— Et l'homme?

— A la Commune d'abord, et puis ensuite à..........

Ici, la conversation continua à voix trop basse

pour qu'il fût possible d'en recueillir autre chose que quelques mots isolés. L'abbé Claude, craignant d'être reconnu par ces hommes, avait hâte de continuer son chemin. Il s'approcha du comptoir pour solder sa dépense ; et comme personne n'avait fait attention à lui jusqu'à ce moment, il commençait à se flatter de sortir sain et sauf de ce gouffre (une réunion quelconque était un gouffre dangereux à cette époque), lorsque toutes ses précautions et sa prudence vinrent se briser contre un de ces mille petits événements qui ne sont ordinairement que désagréables et ridicules, mais qui, en des temps comme celui où se passe notre histoire, prennent quelquefois les proportions d'un malheur. Les petites causes sont d'autant plus dangereuses qu'on ne les prévoit pas.

Un singe de la plus petite, mais de la plus malicieuse espèce, partageait avec la demoiselle de comptoir le privilége de trôner sur un banc de velours d'Utrecht fané, derrière un nombreux assortiment de verres et de flacons d'une propreté plus que douteuse. Bertrand, malgré ses innombrables espiègleries, était le favori de tous les habitués de ce café. Il avait un trésor inépuisable de méchancetés et de grimaces ; il était

tellement gracieux dans sa laideur, tellement
spirituel dans ses malices de tous les instants,
que personne ne s'apercevait de l'une et qu'il aurait fallu avoir un caractère bien hargneux pour
se fâcher sérieusement des autres. Voleur, gour-
mand et envieux, il ne se plaisait qu'à malfaire;
c'était un curieux échantillon de toutes les qualités de son espèce, et pour tout dire en un mot, un
véritable petit amour de singe. Aussi lui était-il
permis (il se serait bien passé de la permission)
de prélever un tribu sur tout ce qui excitait
sa convoitise. Les verres de liqueurs, les petits
plateaux chargés de sucre, les cigares eux-
mêmes lui devaient un droit, et les corbeilles
d'échaudés qui passaient à la portée de ses doigts
crochus n'arrivaient jamais intactes à leur destination. C'était le beau ou le laid idéal, suivant
le point de vue auquel on se place, des contri-
butions indirectes; l'invité obligé de tout le
monde.

L'abbé Claude, debout vis-à-vis du comptoir,
jouait machinalement avec le singe, en attendant
qu'on lui rendît la monnaie d'un écu ou d'un assignat de six livres. Bertrand qui, à l'aspect d'un
inconnu, avait commencé par exécuter ses plus
jolies cabrioles et ce qu'il avait trouvé de mieux

dans son répertoire de grimaces, ne tarda pas à
se familiariser complétement avec son nouvel
ami. La familiarité alla si loin et si vite, qu'il
lui sauta bientôt sur les épaules, le mordit légèrement à l'oreille, lui pinça délicatement le
bout du nez et s'amusa longtemps à le tapoter de
bonne amitié sur les deux joues. La position de
l'Abbé était d'autant plus embarrassante que,
craignant par-dessus tout d'attirer l'attention,
il ne pouvait se défendre à force ouverte contre
les attaques les plus effrontées de son malicieux
adversaire. D'envahissement en envahissement,
Bertrand avait fini par s'emparer de la tête de sa
victime, dont il fourrageait la chevelure grison-
nante avec des contorsions et des mimes que
je vous laisse à deviner. Ce fut alors qu'un mouvement trop brusque de l'abbé Claude irrita ou
épouvanta tout à coup la méchante bête. Les
yeux du singe s'allumèrent, son petit front se
plissa, son nez épaté se contracta, tous les
muscles de sa figure se roidirent en une grimace
affreuse qui mit à découvert jusqu'aux gencives
deux longues rangées de dents blanches et ai-
guës, et ces dents grinçaient et claquaient les
unes contre les autres à bruits continus et ra-
pides comme ceux d'un engrenage mal graissé;

puis, en un clin d'œil, il fit un bond prodigieux, toucha presque le plafond et vint retomber sur les épaules de la demoiselle de comptoir qu'il coiffa de la perruque enlevée à la tête du fugitif, privé ainsi d'une partie essentielle de son déguisement.

L'abbé Claude ne pouvait plus dissimuler son véritable caractère ; sa large tonsure, que rien ne couvrait plus, le trahissait. « Un prêtre ! un prêtre réfractaire ! s'écria-t-on aussitôt de toute part, en prison ! à l'Abbaye ! à la lanterne le réfractaire ! le fanatique ! l'aristocrate ! le conspirateur du 10 août ! » Et toute la foule se rua sur cette proie sans défense, tous les bras se levèrent pour frapper, toutes les bouches s'ouvrirent pour le blasphème et pour l'injure, et les vociférations de la canaille, subitement ameutée à la porte de la rue, se mêlèrent et répondirent aux vociférations de l'intérieur.

L'énergie et la prudence de l'Abbé ne lui firent point défaut dans ce moment critique. Quoiqu'il eût été un instant déconcerté par l'imminence du péril, il ne tarda que quelques secondes à recouvrer tout son sang-froid et à se rendre maître de lui-même. Il se couvre à la hâte de la première coiffure qu'il rencontre ; brise d'un coup de

7

chaise le quinquet à plusieurs branches suspendu
au milieu de la salle ; renverse par une brusque
secousse celui de ses assaillants qui le serrait de
plus près ; celui-ci tombe sur une table, qui entraîne elle-même toutes les personnes qu'elle peut
atteindre dans sa chute ; et l'abbé Claude profite
de l'obscurité, du tumulte, du vacarme, pour
s'élancer dans la rue en criant comme un for-
cené : « L'aristocrate se sauve ! l'aristocrate se
sauve ! » La foule, trompée par ses cris, lui ouvre
passage et se précipite sur ses traces, le prenant
pour un chaud patriote à la poursuite d'un conspirateur du 10 août. Il est impossible, cependant,
que cette erreur se prolonge ; on avait forcé tout
d'abord la boutique d'un épicier afin de se procurer des torches. On les allume et le prêtre est
reconnu. La foule pousse un hurlement sauvage,
elle redouble de vitesse, elle court, elle court,
elle va atteindre le fugitif. Quelques mains im-
patientes décrochent déjà un réverbère, et font
un nœud coulant à la corde. L'abbé Claude est
perdu ; il se recommande à Dieu, lui offre le sacrifice de sa vie et fait cependant un effort suprême pour se sauver. Un embarras de voitures
retarde un moment la foule derrière lui ; il en
profite, se glisse entre les chevaux, entre les

roues, franchit cette barrière et parvient enfin à mettre un assez long intervalle entre lui et les enragés qui le poursuivent.

Le prêtre avait couru longtemps. Il se trouvait alors près de la Seine, dans un endroit où elle formait une île servant de chantier, mais où l'on ne voyait en ce moment qu'une seule pile de bois inachevée. Cette île communiquait à l'un des bords du fleuve par quelques planches servant de passerelle, et n'avait aucune communication de l'autre côté. L'abbé Claude, toujours activement poursuivi par le flot populaire, dont les rugissements se faisaient de plus en plus distincts et furieux, se réfugia dans cette île, et se cacha aussi bien qu'il le put dans le vide formé par les bûches, empilées sur une hauteur déjà assez considérable pour le dérober complétement aux regards.

Il était temps; quelques minutes après, la foule arrivait elle-même sur le bord du fleuve. Une partie du rassemblement continua sa poursuite sur le quai et dans les rues adjacentes, tandis que l'autre pénétrait dans l'île où elle supposait que le fugitif avait pu trouver un abri.

— Comment diable voulez-vous que nous dé-

nichîons l'aristocrate? s'écria un enfant en bonnet rouge et en guenilles. La nuit est plus noire
qu'une bouteille d'encre, et nos trois ou quatre
torches font moins de lumière que de fumée. Si
nous mettions le feu à cette pile de bois? Eh !
eh ! qu'en dites-vous, les autres? n'est-ce pas
que cela ferait une fameuse illumination?

— Oui, fit observer timidement quelqu'un,
mais le propriétaire?

— Tiens, c'te bêtise ! répondit le gamin : si le
propriétaire est patriote, il sera trop heureux de
faire le sacrifice de ses bûches sur l'autel de la
patrie ; s'il est aristocrate, pourquoi ne brûle-
rions-nous pas les bûches d'aristocrates, comme
on a brûlé les châteaux d'aristocrates ?

Guerre aux châteaux, paix aux chaumières!

Le gamin n'avait pas achevé de donner cet
échantillon de sa logique, que déjà une fumée
épaisse commençait à envelopper la base du bû-
cher.

La pile qu'il s'agissait d'incendier n'était qu'à
quelques pas de l'eau, du côté opposé au bras de
rivière qu'on traversait sur une passerelle. Étroit
et inondé par les vagues à chaque coup de vent,

l'espace compris entre ces piles et le fleuve était désert. On n'y voyait qu'un mauvais petit bateau à moitié pourri que le flot commençait à soulever. C'était le seul espoir de salut de l'abbé Claude. Il s'élança presque asphyxié de sa cachette; et favorisé un instant par un tourbillon compacte de fumée, il put se précipiter dans le bateau, en même temps que d'un violent coup de pied il l'éloignait du rivage. Le bateau gagna le large au milieu des vociférations de la foule, qui, n'ayant plus aucun moyen d'atteindre sa victime, dut renoncer pour ce soir à la patriotique satisfaction de pendre un aristocrate ou de le brûler vif. Hélas! le pauvre prêtre n'était pas sauvé pour cela.

Le vent qui avait soufflé toute la soirée mugissait maintenant et prenait les proportions d'une horrible tempête. Le fleuve roulait des flots énormes; les barques amarrées contre les quais grinçaient avec un bruit rauque sur leurs chaînes de fer; et les débris des trains de bois mis en pièces, des moellons arrachés çà et là par la vague, s'entre-choquaient et grondaient sourdement sous l'eau. Pas une étoile ne brillait sur le ciel noir; les réverbères que l'on apercevait de distance en distance ressemblaient, tant ils étaient agités par le vent, à des feux follets dansant au milieu d'un marécage. L'incendie que les émeutiers avaient allumé dans l'île éclairait de ses rougeâtres lueurs une partie assez considérable du courant, et la flamme qui s'élançait en mille jets fantastiques semblait remplir de visions infernales les ténèbres répandues sur le fleuve dont chaque flot la reflétait en passant.

A peine la barque de l'abbé Claude eut-elle quitté le rivage, que les planches mal jointes commencèrent à laisser filtrer l'eau. Il essaya de l'épuiser avec son chapeau, mais l'eau montait toujours et la barque s'enfonçait. En cherchant bien, il finit par découvrir la principale ouverture ; il la calfeutra avec son mouchoir, sa cravate, et enfin avec des lambeaux de son habit ; l'eau ne montait plus aussi vite, mais elle montait toujours. Le fugitif travaillait sans relâche à la vider, machinalement, pour ainsi dire, car il avait la conviction écrasante qu'il ne faisait que retarder de quelques minutes une catastrophe inévitable. Pendant qu'il se recommandait à Dieu tout en s'épuisant en efforts surhumains, la barque gagna le véritable courant. Elle ne l'eut pas plutôt atteint, qu'elle fut lancée avec la rapidité d'une flèche; l'abbé Claude se sentit perdu, il s'assit dans l'eau qui commençait à remplir la nacelle, ferma les yeux et pria.

Les nombreux spectateurs que les cris du rassemblement et la clarté de l'incendie avaient attirés sur les quais suivaient avidement du regard cette barque ballottée sur l'abîme. Ils la virent bientôt soulevée par une vague, se heurter, se briser et disparaître, contre les pierres d'une petite plate-forme circulaire construite au pied d'une des piles d'un pont et que l'eau n'avait pas gagnée encore. Quelque chose de noir que l'on crut reconnaître pour un corps humain surnagea un moment, s'enfonça, puis remonta à la surface, s'enfonça de nouveau, et disparut. Une vieille femme prétendit que le fugitif avait pu se sauver sur la petite plate-forme ; mais on se moqua de la vieille femme, et la foule, qui n'avait plus rien à faire ni rien à voir, se dispersa.

— Quel dommage ! disait en s'en allant le petit monstre qui avait eu la première idée de l'incendie, la rivière a volé la lanterne, c'est embêtant !

CHAPITRE V.

LA MAISON DU FAUSSAIRE.

Presque tous les ponts de Paris étaient autrefois bordés de maisons plus ou moins hautes qui
masquaient entièrement la vue de la rivière. En
1702, ces maisons n'existaient déjà plus, et les
ponts de la capitale avaient cessé d'être des rues
communiquant d'un rivage à l'autre. On en remarquait une, cependant, petite, délabrée, et
menaçant ruine, qui, par suite de je ne sais quelles circonstances exceptionnelles, avait échappé
jusqu'alors à la démolition générale, et qui, malgré les arrêtés de l'édilité parisienne, s'obstinait
à ouvrir tous les matins une misérable boutique
de friperie juste au-dessus de la petite plate-
forme dont il a été question dans le chapitre précédent.

Voici ce qui se passait au premier étage de cette

maison quelques minutes avant et après le naufrage de l'abbé Claude.

Deux hommes de quarante à cinquante ans et
une femme beaucoup plus avancée en âge causaient à voix très-basse devant un mince feu de
charbon où cuisait le souper de la famille. De
temps à autre de faibles gémissements s'échap-
paient d'une alcôve dont les rideaux d'indienne
à grands personnages étaient entièrement fermés. Les causeurs tournaient le dos à une longue et solide table de bois de chêne sur laquelle
ils paraissaient avoir travaillé toute la soirée.
En effet, il y avait encore sur cette table deux
lampes allumées et deux de ces globes de verre
remplis d'eau dont on se sert dans quelques
industries pour concentrer la lumière sur l'ouvrage. L'intervalle compris entre les deux lampes était encombré d'étroites planches de cuivre
bien poli, de limes, de burins, de tampons,
de brunissoirs, de grattoirs, en un mot de
tous les outils à l'usage du graveur. On y remarquait encore une presse de fer, beaucoup trop
petite pour un atelier ordinaire , mais qui avait
l'avantage de n'occuper que peu de place, et de
pouvoir, à volonté, ou se cacher dans un réduit
quelconque, ou s'assujettir au moyen d'écrous

7.

sur la forte table de chêne dont nous venons de parler.

Il était évident que les événements de la soirée interrompaient le travail de ces deux hommes. Un seul jugea convenable de s'y remettre, ne voulant pas, sans doute, laisser inachevé un ouvrage qui ne demandait plus que peu d'instants. Il prit sa planche de cuivre, la frotta avec un tampon de feutre noirci, puis il la nettoya et examina soigneusement à la loupe les traits laissés par le burin et rendus plus apparents par la matière noire dont ils étaient remplis ; après quoi, il la passa à son camarade qui la regarda longtemps et attentivement, à son tour, en la comparant avec un modèle. Aucun de ces deux hommes ne pâlit ; et cependant sur cette plaque de cuivre il y avait écrit ces mots, tracés au burin par eux-mêmes :

LA LOI PUNIT DE MORT LE CONTREFACTEUR.
LA NATION RÉCOMPENSE LE DÉNONCIATEUR.

C'était une fabrique de faux assignats [1].

1. L'industrie du faussaire s'est beaucoup exercée sur cette sorte de papier-monnaie. Mais la contrefaçon a été bientôt découragée par une émission pour ainsi dire sans

— Parfait, dit le dernier individu qui avait examiné la planche, ma foi, vive l'argent de papier! c'est plus commode, plus sûr et moins embarrassant que les écus de six livres.

— D'autant plus que les écus de six livres, c'est de l'argent pour tout de bon, et que le bourgeois y regarde naturellement de plus près. A vrai dire, c'est là le seul danger sérieux que nous ayons à courir; car par ce temps de benoîte révolution, pourvu qu'on ne soit ni prêtre, ni royaliste, ni noble, ni aristocrate, ni riche, on peut être à peu près tout ce qu'on veut.

— Oui, comptez là-dessus, et vous en verrez de belles. Je sais bien que la police est borgne lorsqu'il ne s'agit que de nous; mais si en cher-

---

limites et par la dépréciation énorme qui en fut la suite naturelle. La première émission, en 1789, représentait une somme totale de 400 millions de livres; en septembre 1792, la valeur nominale des assignats s'élevait déjà à près de 3 milliards; quatre ans après, en 1796, époque de leur abolition, elle atteignait le chiffre colossal de 45 milliards. Les assignats à cette époque avaient perdu les 99 centièmes 1/2 de leur valeur réelle. Il fallait donc un assignat de 1000 livres pour représenter une valeur réelle de 5 livres. La France tout entière vendue à raison de 848 fr. l'hectare n'aurait pas suffi au remboursement intégral de cette masse prodigieuse d'assignats

chant un royaliste ou quelque autre gibier de la
même espèce, elle nous trouve... *La loi punit de
mort le contrefacteur...* ou le concurrent, si vous
voulez.

— Qu'est-ce qu'elle a trouvé, Dame police, la
dernière fois que nous avons eu l'honneur de sa
visite, hein ?

— Rien, fort heureusement, je le sais bien ;
mais nous n'avions pas alors chez nous ce scélérat de Suisse, blessé à l'attaque du château des
Tuileries, et que la maudite vieille a été ramas-
ser je ne sais où. Cela change furieusement la
thèse, mon garçon.

— Est-ce que vous auriez voulu que je le
laissasse crever comme un chien dans le trou où
il s'était blotti ? interrompit la vieille femme d'un
ton aigre. Croyez-vous donc que l'on ne puisse
pas faire passer de faux assignats, qu'on ne
puisse pas être l'associée de chenapans tels que
vous, et avoir en même temps quelque chose qui
se remue au fond du cœur ? Je sais bien qu'il
n'en profitera pas, le pauvre cher homme, puisque le voilà déjà mort ou peu s'en faut ; mais
que diable peut importer à la patrie, je vous le
demande, que ses ennemis meurent dans un bon
lit ou dans la rue, pourvu qu'ils meurent ?

L'un de ces deux hommes se leva, prit une lampe et disparut dans l'alcôve. A son retour il annonça que le malheureux Suisse touchait presque à ses derniers moments.

— Eh bien donc, bon voyage ! répondit l'autre, mais qu'il se dépêche ; lorsque nous aurons jeté le cadavre à la rivière, la police sera bien fine si . . . .
. . . .

En ce moment un roulement de tambour se fit entendre ; les pas d'une nombreuse patrouille résonnèrent sur le pavé de la rue ; la lueur des torches pénétra par la croisée entr'ouverte ; c'était l'annonce d'une autre visite domiciliaire ; c'était le glas de mort de quelque nouveau proscrit. Les deux faussaires tressaillirent, ils échangèrent un regard sinistre, mais ils ne proférèrent pas une seule parole ; ils s'étaient compris. Un de ces hommes se dirigea vers la fenêtre, l'ouvrit, et s'assura que le milieu de la rivière était encore plongé dans une obscurité complète, les individus qui portaient des torches n'ayant fait que passer. L'autre prit une ficelle, y fit un nœud coulant, et s'approcha de l'alcôve. Ce fut alors seulement que la vieille femme devina. Avec une promptitude qu'on ne devait pas attendre de son âge, elle saisit sur la table un burin affilé, et se plaçant entre l'alcôve et l'homme :

— Je ne le veux pas, s'écria-t-elle, entendez-vous bien ? je ne le veux pas.

L'homme voulut forcer le passage, mais la pointe du burin vint effleurer sa poitrine; et la vieille continua à voix plus basse, mais d'un ton de reproche :

— Assassiner un mourant! quelle honte!

Au bruit de cette altercation, l'individu qui avait ouvert la fenêtre se rapprocha de son camarade; sur les traits froidement résolus de ces deux hommes la vieille femme put lire qu'une lutte décisive allait s'engager. Ce fut alors que de violents coups de marteau retentirent à la porte de la rue; c'étaient les commissaires de la Commune qui venaient opérer dans cette maison une nouvelle visite domiciliaire. Il n'y avait pas à balancer, les assassins comprirent que le temps leur manquait pour consommer le meurtre; ils avaient à peine celui de faire disparaître les habits du Suisse, avec les traces de leur coupable industrie. Ce cas était prévu; en moins de minutes qu'il n'en faut pour le dire, l'uniforme du malheureux soldat, les lames de cuivre, les limes, les burins, la presse, des liasses d'assi-

gnats déjà gravés, furent entassés dans une
caisse et descendus le long de la pile du pont à
l'aide d'une corde dont l'extrémité fut attachée à
un crampon de fer scellé en dehors de la fenêtre. La vieille n'alla ouvrir la porte qu'après
s'être bien assurée de ses propres yeux et de ses
propres mains qu'il n'y avait rien à reprendre
dans cet arrangement. Quant à une raison pour
motiver la présence du Suisse, elle y pourvut à
l'instant même.

— Tâchez donc de pleurer ou faites semblant,
brigands que vous êtes, dit-elle aux deux hommes en quittant la chambre ; le Suisse est votre
jeune frère ; excellent patriote, blessé et mourant d'un coup de feu reçu à l'attaque du château.

Quelques instants après, l'appartement était
envahi par les commissaires de la Commune es-
cortés d'une troupe de bandits en bonnets rouges,
sans uniforme et diversement armés de sabres,
de piques et de bâtons. Les trois hôtes de
cette chambre jouèrent admirablement bien leur
rôle ; tellement que les commissaires, pour qui la
présence du *martyr de la liberté* était une garantie
suffisante du patriotisme de la famille, ne ju-
gèrent pas à propos d'apporter beaucoup de ri-

gueur dans leurs recherches. Malheureusement
pour les faussaires, le malade entra alors dans
une crise terrible qui devait être la dernière.
C'était une ardente exaspération de la fièvre, en-
tremêlée de moments lucides pendant lesquels il
demandait à grands cris un prêtre pour l'aider
à mourir. Puis le délire revenait, toujours plus
violent, et alors, se croyant encore sous les
armes à la fatale journée du 10 août, il commandait le feu contre les hordes populaires, et réunis-
sait ses forces expirantes pour jeter ce dernier
défi à la canaille victorieuse: Vive la Reine!
Vive le Roi! A ces cris du délire succédaient les
cris du désespoir et de l'angoisse: Un prêtre!
pour l'amour de Dieu, un prêtre! Je ne veux pas
mourir sans confession. Puis il se tordait dans
son lit en proie à des convulsions tétaniques, et
lorsque la prostration complète de ses forces lui
donnait quelques moments de relâche, il demandait de nouveau un prêtre ou il pleurait en pensant à sa vieille mère qui dans ce moment-là,
peut-être, filait de la laine ou du chanvre pour
ce fils qu'elle ne devait plus revoir.

Il n'en fallait pas autant pour faire mettre en
état d'arrestation tous les habitants de cette
chambre. Les recherches, infructueuses jus-

qu'alors, furent recommencées avec une sévérité rigoureuse. Elles firent découvrir la corde attachée, on s'en souvient, en dehors de la fenêtre, et soutenant par l'autre bout la caisse où tous les instruments d'une fabrication criminelle étaient cachés. La vieille, qui ne perdait pas facilement la tête, prétendit que c'était le vin du souper qu'elle avait coutume de faire rafraîchir ainsi dans la rivière.

— Par l'âme de Brutus ! s'écria l'un des commissaires qui avait essayé vainement de tirer à lui la corde, il vous en faut donc un tonneau pour votre souper, citoyenne !

Quatre gardes nationaux joignirent leurs efforts à ceux du commissaire ; la corde commença à monter, et les trois faussaires comprirent qu'ils étaient perdus.

Pendant que ces événements s'accomplissaient sur le pont, une scène non moins terrible avait lieu au pied de la pile sur laquelle la maison des faussaires était bâtie. On n'a pas oublié sans doute que la barque de l'abbé Claude s'était brisée contre une petite plate-forme de deux pieds de largeur à peine, formée par ce qu'on appelle, en termes techniques, la retraite de cette pile sur ses fondements. Ce fut par une espèce de miracle

que le fugitif, au moment du naufrage, parvint à
se cramponner à une pierre en saillie qui faisait partie de cette plate-forme. Il sortit du
fleuve, épuisé de fatigue, s'assit contre la pile et
resta longtemps sans connaissance. Lorsqu'il revint à lui, la rivière qui montait toujours avait
déjà couvert de quelques pouces d'eau le terrain
sur lequel il s'était affaissé. L'abbé Claude ne
songea plus qu'à se recommander à Dieu. Tout
ce qu'il était humainement possible de faire pour
se soustraire à la mort, il l'avait tenté dans cette
soirée funeste ; il ne lui restait plus qu'à se résigner aux volontés de la Providence, et à mourir. Il priait ainsi depuis longtemps, lorsqu'il
sentit qu'il allait être arraché de son asile par
les vagues qui venaient se briser de plus en plus
furieuses contre les piles du pont, ou entraîné
par l'eau, qui, dans l'intervalle d'une vague à
l'autre, lui arrivait déjà jusqu'aux genoux. Il
poussa un cri involontaire, ses jambes fléchirent,
il étendit les bras, et, à sa grande surprise, il
les heurta douloureusement à un corps dur qui
oscillait suspendu à une corde, autour de laquelle ses doigts se crispèrent immédiatement
par une pression convulsive. Il n'était pas encore revenu de son étonnement lorsqu'il sentit

que cette corde montait. Les quelques minutes
que dura cette ascension lui parurent un siècle.
Elle se termina enfin, et l'abbé Claude prit terre
aux pieds des agents de la Commune, dans la
chambre des trois faussaires, au moment où le
moribond s'écriait : Un prêtre ! pour l'amour de
Dieu, un prêtre ! je ne veux pas mourir sans
confession.

— Voici un prêtre, dit tranquillement le saint
homme en se dirigeant vers le lit.

L'arrivée de l'abbé Claude en ce moment terrible avait quelque chose de si extraordinaire,
de si providentiel, qu'elle frappa d'une respectueuse stupeur tous ceux qui en étaient les témoins. Le prêtre disparut dans l'alcôve et n'en
sortit que lorsque cette âme chrétienne, qui semblait l'attendre, se fut envolée vers Dieu.

Ce fut alors seulement que les agents de la
Commune songèrent à l'arrêter avec les trois
faussaires ses prétendus complices. Mais lorsqu'il fut question d'emmener les prisonniers et
de partir, il en manqua un. Dieu n'avait pas
voulu que la seule bonne action, peut-être, qui
se rencontrait dans une vie de turpitudes restât
sans récompense ; la vieille femme avait pu s'é-
vader.

CHAPITRE VI.

CALBY.

Demeuré seul après le départ de son oncle, Julien passa une nuit fort agitée. L'inquiétude le tint éveillé jusqu'aux premières lueurs de l'aurore ; et lorsqu'enfin il parvint à s'endormir, son imagination se remplit de visions lugubres dans lesquelles la captivité et la mort se présentaient à lui sous mille formes horribles. Fatigué et brisé, pour ainsi dire, de ce sommeil sans repos, il se leva et attendit des nouvelles de son oncle avec une fébrile impatience qu'il est plus facile de se figurer que de décrire. Calby avait l'air de partager toutes les inquiétudes de son maître : il se couchait à ses pieds, se relevait, rôdait autour de lui ; puis, s'éloignant brusquement, il allait flairer à la porte du cabinet de

l'abbé Claude. Un chien moins intelligent aurait gratté à cette porte ; mais Calby savait bien
que l'appartement était vide, son odorat le lui
avait appris. Il comprimait alors un aboiement
commencé qui dégénérait en un sourd grogne-
ment de douleur ; et morne, la queue pendante,
il revenait lentement près du jeune homme qu'il
regardait fixement avec ses deux grands yeux
fauves pleins d'anxiété et de tristesse.

La matinée se passa ainsi. Julien était dévoré
d'inquiétudes, inquiétudes d'autant mieux fondées que le bruit d'un massacre général dans les
prisons allait se confirmant d'heure en heure.
Il résolut enfin de sortir de cette incertitude
pire peut-être que la réalité, car elle l'empêchait
d'agir dans un temps où, quoi qu'il fût arrivé
au fugitif, il n'y avait pas une minute à perdre.
Il sortit de chez lui vers midi, avec l'intention
d'aller à la recherche de l'homme chez qui, si
rien de nouveau n'était survenu, l'abbé Claude
avait dû trouver un premier abri. Afin de tromper la surveillance dont il se savait l'objet, il se
dirigea, accompagné de Calby, vers un point
tout opposé à celui qu'il se proposait d'atteindre ; puis, au moyen de marches et de contre-
marches prudemment combinées, il arriva enfin

sur les bords de la rivière, non loin de la maison
théâtre des événements de la veille.

Depuis quelque temps déjà Calby donnait de
nombreuses marques d'inquiétude; il remuait la
queue, baissait la tête, flairait le sol; puis il
s'élançait subitement, courait quelques minutes,
et s'arrêtait tout à coup, les jambes raides et le
nez au vent. Lorsqu'ils débouchèrent sur le quai,
il était décidément en quête, et la piste qu'il suivait ne pouvait être que celle de l'abbé Claude.
Julien connaissait trop la sagacité du noble animal pour ne pas s'abandonner entièrement à sa
conduite; il le suivit. Le chien ne balança pas
un moment; il s'engagea dans un labyrinthe de
rues, flairant toujours, marchant toujours et
n'hésitant par intervalles que lorsqu'il venait à
perdre la piste qu'il ne manqua jamais de retrouver. Ils arrivèrent ainsi devant l'ancienne
abbaye de Saint-Germain-des-Prés, dont la prison féodale, vide pendant longtemps, mais qui
alors déversait son trop-plein jusque dans les
cloîtres, ne devait pas tarder à acquérir une
sanglante célébrité. Calby s'arrêta devant la
porte, poussant des hurlements plaintifs, et levant la tête vers une fenêtre grillée qui donnait
sur la rue. Un factionnaire le chassa; l'intelli-

gent animal s'écarta un peu, mais il ne s'éloigna que pour revenir près de son jeune maître
dont il semblait par la voix, par le regard et par
le geste, vouloir attirer l'attention sur l'impor-
tante découverte qu'il venait de faire.

Julien ne douta pas un moment que son oncle
ne fût détenu dans cette prison. Il entra chez
un marchand de vin traiteur dont l'établissement était situé presque en face de la porte, se
fit servir à dîner, et sous ce prétexte put, tout
en surveillant les fenêtres et les abords de l'Abbaye, méditer tout à son aise sur la conduite
qu'il serait convenable de tenir. Calby, qui
l'avait accompagné, ne l'eut pas plutôt vu assis
devant une table, que, bien assuré de le retrouver au même endroit, il le quitta, gagna la rue,
et se mit à rôder autour de la prison. Le jeune
homme réfléchissait tristement, mais n'ayant
adopté encore aucune détermination, il prolon-
geait son repas autant qu'il le pouvait. Il ne
quittait pas de vue cependant la porte de l'Abbaye et la fenêtre grillée qui était au-dessus.
Quelle fut sa surprise lorsqu'il vit une mina
passer à travers les barreaux de cette fenêtre
et un papier s'en échapper! Le cœur de Julien
battit; il battit plus vivement encore lorsqu'il

vit le factionnaire, que sa courte promenade
avait éloigné en ce moment, se retourner et,
suivant l'usage, la recommencer en sens contraire. Le papier (écrit par l'abbé Claude, sans
doute) est là devant lui...... il va s'en emparer...... oh mon Dieu !...... mais non ; rien ne se
trahit sur l'impassibilité de sa figure, son air
est toujours aussi ennuyé, son pas aussi lent,
sa démarche aussi uniforme ; il n'a rien vu, il
se retourne, et recommence sa promenade auto-
matique. Le chien, qui le guettait, s'empresse
de profiter de cet instant, il se jette sur le papier, le prend entre ses dents, l'emporte et vient
le déposer, en remuant la queue de joie, sur les
genoux de Julien, qui peut à peine se rendre
maître de son émotion. C'était réellement une
lettre de son oncle, écrite au crayon sur une
page blanche arrachée à son portefeuille. Le
prisonnier avait compté sur l'intelligence et sur
l'attachement de son chien ; il ne s'était pas
trompé.

Le lettre contenait en peu de mots le récit des
événements que nous connaissons déjà. Après
avoir raconté son arrestation dans la maison des
faussaires, l'abbé Claude continuait ainsi :

« Je fus conduit à la mairie et introduit dans

uno salle basse où se tenait le comité d'exécution ou celui de surveillance, je no pus pas savoir au juste lequel. Pour le moment, les fonctions de cette espèce de tribunal semblaient se borner à distribuer dans les différentes prisons de Paris toutes les personnes qu'on arrêtait. Voici l'ex-abbé Claude, dit alors un de nos conducteurs, nous vous en amènerions bien d'autres, si nous avions de plus grands pouvoirs. *Y pensez-vous ?* lui répondit le président, *vous donner de plus grands pouvoirs ce serait limiter ceux que vous avez déjà. Oubliez-vous donc que vous êtes les souverains, puisque la souveraineté du peuple vous est confiée et que vous l'exercez en ce moment ? Amenez-nous tous ceux que vous pourrez découvrir.* Je crus alors devoir prendre la parole ; je racontai autant que la prudence me le permit tous les événements de cette soirée fatale, et finis par demander en vertu de quel mandat et pour quel crime je me trouvais arrêté. On me répondit : *N'êtes-vous pas prêtre ?* — Oui, dis-je. — *Eh bien*, me répliqua-t-on, *nous gardons cela.*

« Il n'y avait pas d'appel possible à cette belle sentence ; elle fut à peine prononcée qu'on m'emferma dans un ancien grenier de la mairie, converti momentanément en prison provisoire. J'y

C

trouvai une soixantaine de compagnons d'infortune, la plupart ecclésiastiques. De sombres pressentiments, des craintes trop légitimes nous tinrent éveillés, toute la nuit. Je fus interrogé avec une curiosité bien naturelle dans cette circonstance. Mes réponses portèrent à leur comble la terreur générale. En effet, tout ce que j'avais vu, tout ce que j'avais entendu depuis mon entrée dans la mairie était de nature à me glacer d'effroi. Tantôt c'était un fédéré marseillais qui s'écriait en blasphémant : *Triple nom..., je ne suis pas venu de cent quatre-vingts lieues pour ne pas f... cent quatre-vingts têtes au bout de ma pique;* tantôt c'était un gendarme qui tenait ce langage : *Il y a environ huit jours que les prisonniers ont manqué de la sauter, gare que cela n'arrive!* puis c'était un garçon de bureau qui disait : *Voilà qu'on apprête la mort aux traîtres, il faut qu'il n'en échappe pas un.* Enfin à madame la marquise de Fausse-Lendry, qui sollicitait et obtint la permission d'aller rejoindre son oncle, monsieur l'abbé Chapt de Rastignac, détenu dans la prison de l'Abbaye, quelqu'un répondit en ma présence : *C'est une grande imprudence que vous allez commettre; les prisons ne sont pas sûres.*

« Je te laisse à penser, mon cher Julien, com-

ment s'écoula cette première nuit de ma captivité. Aujourd'hui dans l'après-midi, on m'a fait
monter dans un flacre pour me conduire à l'Abbaye. Un autre prisonnier, M. Mathon-de-la-
Varenne, a été transféré à l'hôtel de la Force ;
j'étais à côté de lui lorsqu'on est venu le chercher. Pendant sa courte captivité à la Mairie, il
s'était lié, à ce qu'il paraît, avec M. l'abbé
Broussin. Voici les paroles que ce vénérable
prêtre lui a adressées à l'oreille en se séparant
de lui : *La charité chrétienne ne peut nous empêcher de voir qu'on a choisi bien des victimes; mais
souvenez-vous qu'il ne tombera pas un cheveu de nos
têtes que la Providence ne l'ait permis pour notre
plus grand bien. Adieu, nous ne nous rejoindrons
peut-être que dans l'éternité.*

« La voiture qui m'emportait vers ma nouvelle prison a été un moment arrêtée par une
foule nombreuse. Cette foule s'était réunie pour
voir passer trois condamnés à mort qu'on allait
guillotiner. Cette circonstance a failli me faire
guillotiner moi-même sans autre forme de pro-
cès. Par le temps qui court, en effet, une tête de
moins importe beaucoup ; mais une tête de plus,
c'est bénédiction toute pure. Les trois condamnés
ne paraissaient pas encore, le peuple se fatiguait

d'attendre, j'arrivai là à point nommé, accompagné d'un gendarme, et la guillotine n'était pas loin. *Eh parbleu! guillotinons celui-ci en attendant les autres*, se sont écriés quelques individus plus pressés.

« J'ai eu peur, je te l'avoue, car le peuple était à bout de patience, et cette proposition, qui en des temps ordinaires n'eût été qu'une mauvaise plaisanterie de bourreau, pouvait être accueillie d'enthousiasme par la foule. Notre cocher, Dieu merci, paraissait plus désireux d'arriver à sa destination que de voir couper le cou à sa pratique ; il a lancé ses chevaux au galop, le rassemblement a été laissé en arrière, et je suis parvenu enfin devant la prison de l'abbaye dont le fatal guichet s'est ouvert pour me recevoir.

« Adieu, mon cher Julien, ne fais en ma faveur aucune démarche qui puisse te compromettre toi-même. Plaçons en Dieu toute notre espérance ; soumettons-nous avec résignation à sa volonté sainte, et soyons toujours entre ses mains comme l'argile obéissante est entre les mains du potier. »

C.

Lorsque Julien fut un peu revenu de la consternation où l'avait jeté la lecture de cette lettre, il ne douta pas un instant que son oncle ne fût perdu s'il ne parvenait à sortir de prison. Mais comment en sortir? Sa qualité de prêtre insermenté était déjà un titre plus que suffisant à la proscription, et la haine du citoyen Scævola devait rendre infructueuses toutes les démarches que ses amis pourraient tenter. Il n'y avait cependant pas à hésiter, c'était aux puissances du jour qu'il fallait s'adresser si l'on voulait obtenir la liberté de l'abbé Claude. Le jeune homme se mit en course le soir même; il parla aux uns, fit parler aux autres, n'obtint que des promesses, quelquefois des injures et des menaces; et rentra chez lui, brisé de désespoir, exténué de fatigues corporelles et morales, à une heure fort avancée de la nuit.

Et cependant les organisateurs du massacre exécutaient dans ce moment-là même un suprême triage. Les démarches, les sollicitations des parents et des amis des prisonniers n'avaient pas toutes été sans résultat; des élargissements, en bien petit nombre, il est vrai, avaient été obtenus. Quelques malheureux durent la vie à de lointains souvenirs de collége; c'est ainsi que

8.

Danton lui-même rendit à la liberté le célèbre grammairien Lhomond, sous lequel il avait étudié, et que Robespierre, ancien élève du collége Louis-le-Grand, n'oublia pas l'abbé Bérardier, principal de ce collége. On a été jusqu'à dire que plusieurs prisonniers furent redevables de la vie à Marat (mystères insondables du cœur humain!). Il n'y avait donc pas de temps à perdre, car l'heure du sang allait sonner, et il fallait se hâter de faire la part de la vie et celle de la mort ; la part du lion pour la mort, cela va sans dire.

Le lendemain 2 septembre 1702 (date fatale!). Julien, qui avait couru toute la matinée aussi inutilement que la veille, se reposait un moment, triste, découragé, et aussi effrayé pour son oncle que pour lui-même, car les arrestations continuaient toujours, lorsqu'il reconnut son chien qui grattait à la porte de la rue ; il alla ouvrir, comme à un ami ; Calby entra, tenant à la gueule une nouvelle lettre de l'abbé Claude qu'il laissa tomber aux pieds de son jeune maître. Voici ce qu'elle contenait :

« Cette lettre est probablement la dernière que tu recevras de moi, mon cher Julien ; on me fait quitter ma chambre pour une autre, et puis... On ne parle parmi les prisonniers que d'un mas-

sacre général et prochain dans les prisons de
Paris. Je ne dois point te cacher que je ne con-
sidère pas ce bruit comme dénué de fondement.
Aujourd'hui, de très-grand matin, le concierge
a fait sortir de l'Abbaye sa femme et ses enfants ; il paraît consterné ; il nous regarde avec
des yeux hagards, et la terreur qui se peint sur
sa figure livide me fait supposer quelque chose
de sinistre. Après notre dîner, qu'on nous a
servi beaucoup plus tôt qu'à l'ordinaire, les guichetiers ont eu soin d'emporter les fourchettes
et les couteaux que nous plaçons ordinairement
dans nos serviettes. Un nouveau prisonnier arrivé ce matin nous a raconté qu'étant allé hier à
la prison de la Force pour tâcher de communiquer avec un détenu, il avait entendu un des
guichetiers de cette maison répondre à un
homme grand et assez mal vêtu qui lui parlait
tout bas : *Qu'ils viennent s'ils le veulent ! je ne se-
rai pas si bête que d'aller me faire tuer pour les prisonniers.* Quant à moi personnellement, je suis
tranquille ; j'ai eu le bonheur de réconcilier avec
Dieu un grand nombre de mes compagnons d'infortune, et nous trouvons tous ensemble la résignation dans la prière. Il y en a quelques-uns
cependant pour qui cette cruelle agonie est pleine

de terreurs folles et d'inconsolables angoisses.
Un de nos camarades, ancien officier de la maison du Roi, n'a pu résister à ces violentes émo-
tions; il s'est tué, au moment où nous allions
nous mettre à table, de trois coups de couteau,
après avoir dit : *Nous sommes tous destinés à être
massacrés... Mon Dieu, je vais à vous!* Quoiqu'il
n'ait survécu que deux minutes à peine, j'ai cru
devoir prier pour ce pauvre homme; j'ignore, il
est vrai, s'il a compris les quelques paroles que
je lui ai adressées et s'il a eu le temps de se repentir de son crime, mais je me plais à croire
qu'il aura trouvé une excuse dans l'égarement
de sa raison.

« Adieu, mon cher enfant, je te bénis du fond
de mon âme ; pour toi comme pour moi cherche
des consolations dans la prière ; et maintenant
au revoir... dans le sein de Dieu. »

                                   C.

Un moment abattu par les terribles nouvelles
qu'il venait d'apprendre, Julien sentit qu'il n'y
avait plus de chances de salut que dans une détermination énergique. Toutes les démarches
calculées sur la prudence, il les avait inutilement

tentées ce jour-là même ou la veille; le danger
était pressant, le temps manquait à des moyens
plus lents, à des réflexions plus longues; il résolut de jouer son va-tout. Dès les premiers
jours de la tempête politique, sa modeste fortune
avait été réalisée par les conseils et sous la direction de l'abbé Claude. Elle était aujourd'hui
presque tout entière à sa disposition en assignats ou en or. Connaissant la vénalité d'un
haut personnage de cette époque, il forma le
projet d'aller le trouver sans témoins, d'acheter
au prix de tout ce qu'il possédait la liberté de son
oncle; et si la cupidité du fonctionnaire était
sourde, d'arracher à la peur, le pistolet au poing,
s'il le fallait, un ordre d'élargissement qu'il ferait immédiatement exécuter. Cette résolution
une fois prise, il se hâta d'assujettir sous ses vêtements une ceinture de cuir remplie d'or. Il s'ha-
billa et s'arma comme un des héros du 10 août;
c'est-à-dire qu'il s'affubla de ce qu'il avait de
plus mauvais en fait d'habits, qu'il se mit un
bonnet rouge sur la tête, un vieux sabre au côté,
un fusil de munition sur l'épaule; et il sortit de
chez lui.

Paris fermentait et bouillonnait en ce moment,
comme le vin de la colère de Dieu dans la grande

cuve dont parle le Prophète. La nouvelle de la
prise de Verdun par les Prussiens s'était répan-
due la veille ; Verdun se défendait encore, on
crut ou on feignit de croire qu'il était emporté,
et qu'il ne fallait plus que trois jours à l'ennemi
pour atteindre la capitale de la France. Les organisateurs des massacres avaien t compté sur
l'épouvante générale. Ils soufflèrent le feu du
fanatisme politique, ils irritèrent par mille
moyens et mille bruits le tigre populaire qui rugissait de fureur, craignant qu'on ne vînt lui
enlever sa proie. La Commune de Paris, par
son arrêté du 2 septembre, annonce les dangers
de la patrie ; le drapeau noir flotte sur les tours
de Notre-Dame, le tambour rappelle, le canon
gronde, le tocsin sonne. Tous les citoyens en
état de servir doivent se réunir à l'instant et
marcher aux frontières. De longues bandes d'ouvriers traversent la ville pour aller travailler au
camp du Champ-de-Mars. Des groupes se forment,
des clameurs s'élèvent ; on lit, on se passe, on
commente des articles de journaux imposteurs
attribuant au roi de Prusse d'abominables projets
contre la population de Paris. On s'arrête, on se
presse, on s'exalte, devant les proclamations de
la Commune annonçant aux citoyens que l'en-

nemi est aux portes de la ville, et qu'il faut
marcher à lui sans perdre une minute pour l'exterminer ou pour mourir. Les rues se remplis-
sent d'hommes armés ; les piques, les baïon-
nettes, s'agitent, se croisent, se mêlent ou se
balancent, comme les branches dans une forêt
au souffle de l'orage. Tous les chevaux de la capitale avaient été mis en réquisition ; les voitures, dételées au milieu de leur course, sont
abandonnées sur la voie publique et obstruent le
passage. Là des obstacles matériels, ici des con-
signes ; partout les emblèmes royaux et nobi-
liaires détruits, les statues renversées, les bou-
tiques fermées, des canons chargés à la porte de
chaque section ; tel est le spectacle que présente
Paris quelques heures avant les massacres.

Les barrières, ouvertes la veille, sont refer-
mées, les visites domiciliaires recommencent.
Le bruit de l'évasion projetée des prisonniers et
de leurs desseins de vengeance se propage avec
une merveilleuse et nouvelle activité ; c'est la
calomnie qui bat la charge devant le meurtre.
Çà et là des cris de mort se font entendre ; quelques atroces fanatiques, quelques brigands apos-
tés, s'écrient qu'il faut purger Paris avant de
courir aux frontières, qu'il faut sauver d'un

nouveau complot royaliste les femmes et les
enfants de ceux qui partent, et que tous les détenus doivent mourir. Des hordes de bandits cir-
culent dans les rues et sur les places publiques,
hurlant d'horribles couplets qui se terminent par
ces vers :

> Nous percerons leur flanc,
> Nous boirons tout leur sang.

La terreur, qui n'avait point cessé de régner
dans Paris, s'accroît, s'il est possible, à ces funestes symptômes. Quand elle ne se cache pas
sous l'enthousiasme militaire, elle cherche un
abri sur les toits, dans les égouts, dans les che-
minées. C'est une terreur tellement folle qu'elle
en devient courageuse; elle affronte mille souffrances, se jette dans mille dangers pour éviter
celui qu'elle veut fuir. Elle se cache dans les hô-
pitaux, et passe (cela s'est vu) trois jours et trois
nuits sur le grabat de la misère entre un malade
qui gémit et un moribond qui râle. « Celui-ci,
dit un auteur contemporain, blotti derrière un
lambris recloué sur lui, semble identifié à la
muraille, est presque privé de mouvement et de
vie; celui-là, étendu dans un bouge, sur une
poutre large et solide, se couvre de toute la

poussière du lieu qui le recèle, et passe ainsi la
nuit dans un malaise horrible. Un autre étouffe
de crainte et de chaleur entre deux matelas ; un
troisième se pelotonne dans un tonneau, perd le
sentiment de l'existence par la tension des nerfs
la peur est plus forte que la douleur ; on tremble
mais on ne pleure pas ; le cœur est flétri, l'œil
est éteint, la poitrine resserrée. » De mortelles
angoisses pénètrent dans toutes les demeures.
L'attente des événements qui vont s'accomplir
est horrible ; chacun tremble pour sa vie , pour
celle de ses parents, de ses amis les plus chers.
Chacun se retire dans son intérieur ; car on n'ose
trembler qu'en famille, dans le réduit le plus obscur de sa maison, loin de tous les regards étran-
gers, loin de ses propres domestiques. Chacun
croit voir l'œil de la délation fixé sur lui ; il faut
se cacher pour pleurer, il faut presque du courage pour avoir peur.

Pauvre France ! pourquoi n'as-tu pas autant
de courage civil que tu as de courage militaire ?

Et maintenant l'heure du crime peut sonner,
le couteau peut régner à son aise dans la grande
ville transformée en boucherie, l'épouvante générale va laisser le champ libre à quelques centaines
de tueurs aux ordres d'une poignée de scélérats.

CHAPITRE VII.

LES MARTYRS.

Nous voici enfin arrivés à cette page sanglante que pour l'honneur de la France, de Paris
surtout, il faudrait arracher des fastes de l'histoire. Desséchée et flétrie par le souffle empesté
des doctrines philosophiques, la métropole de
l'impiété et de la corruption a soif du sang des
martyrs; elle va en être arrosée. Encore quelques heures et les vapeurs du carnage s'élève-
ront au-dessus de la moderne Babylone, redou-
tables nuages tout gros peut-être des foudres
de la colère de Dieu. Grâce, grâce, Seigneur, ne
permettez pas que ce présage s'accomplisse !
Les ossements de vos justes ne crient que miséricorde; faites que le jour du crime devienne le
grand jour de l'expiation, et que la France
puisse laver dans le sang des martyrs sa robe

d'innocence et de gloire que, depuis près d'un siècle, elle traîne dans toutes les boues de son chemin.

Julien ne rencontra pas chez lui le fonctionnaire dont il avait résolu d'acheter la protection à prix d'argent. Après plusieurs courses inutiles, il se décida à aller le chercher à la mairie, où la participation bien connue de cet homme dans tous les complots de la Commune pouvait faire espérer de le trouver. Un attroupement considérable s'était formé aux abords de l'Hôtel-de-Ville. On venait de placarder en ce moment, deux heures de l'après-midi, une proclamation commençant par ces mots : *Aux armes, citoyens, aux armes ! l'ennemi est à nos portes.* Cette proclamation incendiaire avait achevé de mettre le feu à toutes les imaginations, en même temps que l'irritation de la foule, les colères, les convoitises et les instincts sauvages s'exaltaient encore de minute en minute par la lecture des divers arrêtés des sections. Parmi ces arrêtés, quelques-uns, celui de la section Poissonnière, entre autres, paraissent avoir été rédigés par des tigres : *Tous les conspirateurs de l'État, actuellement enfermés dans les prisons d'Orléans et de Paris, seront mis à mort avant le départ des citoyens*

*qui volent à la frontière. Les prêtres réfractaires, les
femmes et enfants d'émigrés seront placés sans
armes aux premiers rangs de l'armée qui se rend sur
les frontières, pour que leurs corps servent de rem-
part aux bons citoyens qui vont exterminer les
tyrans et leurs esclaves.* Il est évident qu'outre la
complicité recrutée d'avance et dont ils étaient
sûrs, les entrepreneurs de la grande tuerie cherchaient partout une complicité spontanée, matérielle et morale.

Lorsque Julien arriva à la mairie, il y trouva
six voitures stationnant à la porte, et un fort
détachement de fédérés, gardes nationaux d'A-
vignon et de Marseille, députés à Paris. Vingt-
quatre prisonniers, la plupart prêtres, allaient
être transportés à l'Abbaye. On les avait réunis
dans la cour, où ils étaient pressés, poussés,
culbutés presque, par les brigands marseillais
qui les injuriaient et les maltraitaient cruellement à coups de plat de sabre et de bois de
pique. Soit dessein prémédité, soit hasard, on
choisit pour les faire partir le moment où le canon d'alarme grondait, où le tocsin sonnait, où
le tambour battait la générale, où l'efferves-
cence populaire était à son comble. Les malheureux montèrent en voiture au milieu de voci-

férations atroces et d'horribles menaces. Les
fédérés formant l'escorte leur annonçaient avec
tous les accents de la rage qu'ils n'arriveraient
pas vivants à leur destination ; que le peuple
justement irrité voulait enfin se faire justice par
lui-même, et qu'ils seraient tous massacrés dans
le trajet. Les cochers reçurent l'ordre d'aller
très-lentement, sous peine d'être égorgés sur
leurs siéges. Les voitures marchent, la populace
les suit, la foule s'accroît de moment en moment ;
les insultes, les menaces, les cris de mort redoublent.

Julien, voyant cette horde de cannibales se di-
riger vers la prison dans laquelle son oncle est
détenu, prend le parti de s'y rendre avec elle.
Il n'a pu pénétrer jusqu'au fonctionnaire qu'il
cherche ; et l'eût-il trouvé, en eût-il obtenu un
ordre d'élargissement, cet ordre n'arriverait-
il pas trop tard à l'Abbaye ? Et comment, d'ailleurs, le faire exécuter au milieu des scènes
effroyables dont cette maison va probablement
devenir le théâtre ? Ces réflexions ne l'occupent
qu'un moment, il s'empresse de rejoindre les
voitures. Grâce à son costume, il peut les suivre
sans être inquiété. Quels sont ses desseins ? Que
va-t-il tenter pour la délivrance de son oncle ?

Il l'ignore lui-même ; il se déterminera selon les circonstances. En attendant, mille projets irréalisables, mille pensées bizarres, mille craintes affreuses, traversent son esprit et l'ébranlent. Bientôt même son imagination fatiguée n'a plus assez de force pour évoquer des fantômes ; la nuit se fait dans son intelligence, et sa volonté seule, mais une volonté de fer, vit en lui. Il ne calcule rien, il ne prévoit rien, il ne sait rien ; rien, si ce n'est qu'il disputera la vie de son oncle aux meurtriers ; et cette idée fixe l'entraîne, comme par une force magnétique, vers l'inconnu, vers la mort, peut-être.

Cependant les voitures fendent lentement la vague populaire. Les fédérés qui les accompagnent et qui semblent devoir les protéger ajoutent leur propre fureur à toutes ces fureurs qui hurlent. *Oui, s'écrient-ils, ce sont là nos ennemis, les complices de ceux qui ont livré Verdun ; ils n'attendent que le départ de nos braves pour égorger nos femmes et nos enfants ; prenez nos armes, massacrez ces monstres et purgez la France de ces scélérats.* Pour se soustraire à tant d'outrages, les malheureux voulurent fermer les portières, on s'y opposa. Dans l'espèce de lutte qui s'ensuivit, un fédéré est ou se croit touché à la tête d'un coup de canne[1]. Furieux, il s'élance sur le marchepied, tire son sabre, et le plonge à trois reprises dans le cœur d'un vieux prêtre qu'il accuse de l'avoir frappé ; le sang jaillit à gros bouillons. Des rugissements de rage se font entendre dans la foule : *Ce sont des scélérats, des aristocrates, il faut les tuer tous.* Les fédérés se précipitent dans la voiture, les trois prisonniers restants sont égorgés. Un jeune homme à figure pâle et maladive rassemble ses forces défaillantes ; et déjà atteint d'une blessure, tout couvert de sang, d'une voix suppliante, il crie encore : *Grâce ! Grâce ! Pardon !* Hélas, c'est demander grâce à un tigre, le pauvre jeune homme tombe et ne se relève plus. La marche du cortége n'avait pas été arrêtée un seul instant ; et cette voiture, qui était la dernière, ne contenait plus que des cadavres. Les coups et les in-

---

1. S'il est vrai, toutefois, qu'un coup de canne ait été donné. Un auteur moderne prétend que ce fait est cité même par des écrivains royalistes. Quant à moi, je ne l'ai rencontré jusqu'ici que dans une seule relation. Qu'importe d'ailleurs ? Deux autres voitures pleines de prisonniers partirent en même temps que celles-ci de l'Hôtel-de-Ville ; l'une se dirigeait vers la Force, ce convoi ne se composait que de prêtres, et l'autre vers la Conciergerie ; tous ces prisonniers furent aussi massacrés avant d'arriver à leur destination.

sultes pleuvaient aussi dans les autres ; le sang coulait partout.

On arrive enfin à l'Abbaye. Une partie des assassins attendait dans la cour. On y jette les cadavres. Un prisonnier s'élance dans la foule, on le tue ; un second le suit, on le tue ; un troisième se recule, se cache, se fait petit au fond d'une voiture, on l'en arrache, on l'égorge. Le comité chargé des affaires civiles de la section des Quatre-Nations tenait ses séances dans une des pièces de l'Abbaye ; quelques malheureux parviennent à s'y réfugier, les assassins les y suivent, le massacre continue. Le pieux et savant instituteur des sourds et muets, l'abbé Sicard, avait été oublié dans l'une des voitures ; il réussit à entrer au comité. On le repousse : *Allez-vous-en*, lui dit-on, *vous allez nous faire massacrer*. On finit cependant par l'accueillir et par lui promettre de le sauver aussi longtemps qu'on le pourrait. Mais il est dénoncé par une femme, une furie, qui l'a vu entrer ; les assassins reviennent, le fer est levé sur sa tête, il va périr. Tout à coup, un homme dont le nom doit être cher à tous les gens de bien, l'horloger Monnot, informé des crimes qui se commettent à l'Abbaye, accourt. s'ouvre un passage à travers la foule, s'élance dans la salle du comité, et se précipitant entre l'abbé Sicard et les bourreaux : *Vous n'é-gorgerez pas le père des sourds et muets,* s'écrie-t-il ; *non, vous ne l'égorgerez pas, car il vous faut pas-ser sur mon corps pour arriver jusqu'à lui.* Il y avait tant de courage dans l'action et dans les paroles de cet homme, tant de fermeté dans son regard, que la pique tomba des mains du meurtrier ; l'abbé Sicard fut sauvé. Il dut la vie à un dévoue-ment d'autant plus sublime que son libérateur ne le connaissait que de nom.

Le dernier des prisonniers amenés ce jour-là à l'Abbaye se débattait encore dans les convul-sions de l'agonie, lorsque le substitut du procu-reur de la commune, Billaud-Varennes, arrive, décoré de son écharpe tricolore, dans cette cour toute ruisselante de sang. Il foule aux pieds les cadavres, réclame le silence, et complimente ainsi la horde des massacreurs : *Peuple, tu im-moles tes ennemis, tu fais ton devoir.* Pourquoi les assassins ne terminèrent-ils pas immédiatement leur sanglante besogne? Je l'ignore. Peut-être obéissaient-ils à un ordre tracé d'avance, peut-être quelques-uns des plus influents d'entre eux avaient-ils des vengeances particulières à assou-vir dans une autre prison, peut-être enfin étaient-

9.

ils plus délicieusement alléchés par le sang de
deux cents prêtres enfermés dans le couvent des
Carmes. Quoi qu'il en soit, une voix s'éleva après
celle de Billaud-Varennes, c'était celle de l'huissier Maillard : *Il n'y a plus rien à faire ici*, s'é-
cria-t-il, *allons aux Carmes*. Sa bande le suit, tous
ensemble ils se précipitent sur cette proie nouvelle. Il ne reste plus que des cadavres dans la
cour de l'Abbaye.

Julien veut profiter de ce moment pour tâcher
de pénétrer jusqu'à son oncle. Mais son air
consterné, son inaction dans cette cruelle tragédie, quelques mouvements d'horreur dont il
n'a pas été le maître, ont éveillé les soupçons
des assassins. Les derniers de la bande qui s'é-
loigne, tournent la tête, le regardent avec défiance, et finissent par s'arrêter comme pour l'attendre. Julien se sent perdu s'il hésite. Il se décide à les accompagner aux Carmes, pensant
qu'il lui sera facile de les quitter soit en route,
soit pendant leurs terribles opérations. Il presse
le pas, trébuche, tombe sur un cadavre, se relève
couvert de sang, et va rejoindre l'arrière-garde
des égorgeurs.

Deux cents prêtres étaient détenus dans la
maison des Carmes. C'était comme une petite

église léguée par la persécution païenne des empereurs à la persécution athée de la France. Doux et humbles de cœur au milieu des plus rudes outrages, patients, résignés et pieux, ils faisaient revivre dans ses murs tous les souvenirs des temps antiques. La voix de leur prière s'élevait vers le ciel aussi pure et aussi agréable à Dieu que celles des premiers chrétiens dans les catacombes de Rome. Les insultes les trouvaient sans fiel, les menaces sans crainte, les plus séduisantes promesses sans désir. Leur vie s'écoulait ainsi dans la captivité et les souffrances, comme un limpide ruisseau à travers les ronces. C'était comme la fleur embaumée des vertus évangéliques croissant sur les ruines que l'impiété amoncelait tous les jours.

Le patriarche de cette église destinée au martyre était Jean-François-Marie Dulau, archevêque d'Arles. La piété de ce Prélat n'était égalée que par son savoir, sa modestie, sa résignation. Il veillait avec un amour de père sur tous ses compagnons d'infortune, et se refusait au plus léger adoucissement si le moindre d'entre eux en était privé. Infirme et plus qu'octogénaire, il dormit pendant plusieurs nuits sur un fauteuil de bois, mettant une pieuse obstination à ne pas accepter le lit qu'on lui offrait tant que chaque prisonnier n'eut pas le sien. Deux frères du nom et de la famille de Larochefoucault, l'Évêque de Saintes et celui de Beauvais, partageaient avec l'Archevêque d'Arles la glorieuse tâche de préparer ces saints athlètes pour le jour prochain des combats du Seigneur. Depuis le Prélat jusqu'au simple vicaire de campagne, tous les rangs de la hiérarchie ecclésiastique étaient représentés dans cette communauté de confesseurs. On y remarquait, entre autres, le général des Bénédictins, Dom Ambroise Chevreuse ; le curé de Saint-Nicolas, ce nouvel apôtre de la charité chrétienne, surnommé par les philosophes eux-mêmes le moderne saint Vincent de Paul ; le père François-Louis Hébert, supérieur de la maison des Eudistes à Paris, maison qu'il avait fondée de ses propres deniers. C'était à lui que l'infortuné Louis XVI avait écrit quelques semaines auparavant : *Je n'attends plus rien des hommes, apportez-moi les consolations célestes.* Le célèbre institut des Jésuites ne pouvait manquer d'avoir de nombreux représentants dans la maison des Carmes. Parmi ces vénérables débris d'une société dissoute, nous ne citerons que MM. Friteyre-Durvey et Legué, les deux meilleurs prédicateurs de Paris, et le savant abbé Gagnères, dont on disait qu'il n'avait rien oublié après avoir tout lu. Il y avait là, en outre, tous les prêtres âgés et infirmes de la maison de Saint-François de Sales, fondée exprès pour les recevoir. Toute chair est bonne pour le tigre révolutionnaire, et la couronne du martyre resplendit encore davantage aux deux extrémités de la vie, sur les cheveux blonds de l'enfance et sur les cheveux blancs du vieillard.

C'était un spectacle sublime et digne des premiers siècles de l'Église que celui de cette congrégation de confesseurs réunie en masse dans le cirque où les bêtes féroces allaient être bientôt lâchées.

Déjà depuis plusieurs jours la rage des bourreaux qui surveillaient cette proie ne se contenait qu'à grand'peine. Elle se trahissait par une recrudescence d'outrages et de menaces[1]. On

---

1. Les gardes n'étaient pas toujours les mêmes. Les fédérés bretons et marseillais et les sans-culottes se signalaient par une violence extrême. La garde nationale du quartier, au contraire, se montrait généralement plus honnête, quelquefois même indignée et compatissante, et ne remplissait qu'à contre-cœur les fonctions de geôliers. Des gardes nationaux accoururent aux Carmes, dans un but d'humanité, pendant le massacre, et furent assez heureux pour délivrer un certain nombre de victimes.

entendit un de ces monstres dire au vénérable
Archevêque : *Monseigneur, c'est donc demain qu'on
tue Votre Grandeur.* C'était, moins le haillon de
pourpre et la couronne d'épines, l'humilité rail-
leuse, le respect moqueur et sacrilége des Juifs
envers le Christ. Le saint Prélat remercia Dieu,
sans doute, de cette goutte d'amertume puisée
dans le calice de la passion. Ces vexations, ces
injures sans cesse renaissantes et toujours plus
envenimées, la surveillance se hérissant à chaque
instant de quelques précautions nouvelles, les
bruits venus du dehors, la joie sanguinaire qui
se peignait dans les regards atroces de leurs gardiens, tout annonçait aux habitants des Carmes
que l'heure du dénoûment allait sonner. D'autres
auraient considéré ces funestes indices comme
les premiers coups de tonnerre précurseurs de
l'orage; pour eux ce n'était que les premiers
rayons de l'auréole du martyre, que les reflets de
la couronne céleste qui se rapprochait tous les
jours.

Le 2 septembre les trouva résignés et préparés
à la mort. Les promesses qu'ils avaient reçues
peu de jours auparavant de Manuel, procureur
général de la Commune, avaient bien pu leur
donner quelques moments d'espérance, mais au-

jourd'hui aucune illusion n'était plus possible.
Dès le matin ils avaient vu briller à travers les
grilles de leurs croisées les sabres et les piques ;
ils avaient entendu de sauvages clameurs, de
menaçantes paroles : *Calotins, voici votre dernier
instant, vous allez danser la carmagnole.* Les prisonniers passèrent toute la journée dans l'église ;
ils se confessèrent l'un l'autre, s'approchèrent
tous de la sainte Table, s'exhortèrent et se bé-
nirent. Ils chantaient le salut, lorsque les premiers cris des meurtriers vinrent interrompre
les louanges du Seigneur. Alors commença la
prière des agonisants, cette prière sublime qui
semble amener l'espérance par la main, et la fait
asseoir au chevet du chrétien qui se meurt. A
ces voix religieuses se mêlent bientôt le clique-
tis des armes et les vociférations de la rue. On
procède à l'appel nominal de tous les prêtres,
c'est le troisième depuis le matin; le crime ne
veut rien perdre. On les fait sortir à la hâte de
l'église, et une demi-heure après, les assassins y
pénètrent au milieu des cris et des blasphèmes.
De là ils se précipitent dans le jardin, où cent
quatre-vingt-cinq victimes les attendent, se bé-
nissant encore pour la dernière fois, priant Dieu,
et s'encourageant mutuellement à bien faire leur

devoir de martyrs[1]. Ces premiers assassins n'appartenaient pas à la bande de Maillard que

[1]. La porte principale de l'église resta fermée pendant
toute l'exécution. On ne l'ouvrit que vers la fin du massacre, afin que l'affluence des curieux vînt appliquer,
pour ainsi dire, le cachet de la popularité sur cette sanglante catastrophe. On ne saurait trop le répéter, les
massacres dont l'idée avait été conçue par quelques
monstres ne furent exécutés que par une poignée de
scélérats que le courage d'un très-petit nombre d'hommes
armés aurait facilement réduits à l'inaction. Les premiers assassins qui pénétrèrent dans le jardin des Carmes
avec la bande de Maillard n'étaient même qu'au nombre
de sept ou de huit. Ce n'est pas à dire pour cela qu'il
faille accuser de connivence directe avec les meurtriers
toutes les autorités constituées de cette triste époque.
Parmi les hommes au pouvoir, quelques-uns étaient bien
réellement ou instigateurs ou complices du crime; les
autres n'y tenaient probablement, comme toute la capitale, que par la complicité de la peur. Un petit nombre
de misérables tentatives pour mettre fin à ces meurtres
furent essayées par l'Assemblée nationale et par ceux des
membres de la Commune qui ne trempaient pas dans le
complot. Mais ces tentatives se bornèrent à des députations, à des paroles, à des conseils; on demandait grâce,
pour ainsi dire, on réclamait quelques prisonniers obscurs
que l'on ne parvenait pas toujours à délivrer. Jamais on
ne montra de l'énergie, pas un seul moment on n'employa
la force. Dans les rares moments où il fallut parler de ces
assassinats, ce ne fut, quand on avait assez de courage
pour ne pas les justifier hautement, que pour en pallier
l'horreur. On avait l'air d'en approuver le fond, et de n'en

nous avons vue partir de l'Abbaye. Cette bande
n'arriva que plus tard, suivie d'un commissaire
de la section, nommé Violet. Ce commissaire
était probablement chargé de faire un triage
comme celui qui avait été fait la veille dans
d'autres prisons, conformément à l'esprit de
l'arrêté de la Commune qui ordonnait aux sections de juger, sous leur responsabilité, les citoyens arrêtés dans les visites domiciliaires. Les
assassins, d'ailleurs, n'étaient pas tous sortis de
la lie du peuple. L'armée du crime s'était ren-
forcée, en outre, de ce qu'elle avait trouvé de

condamner que l'irrégularité de la forme. La Commune
de Paris alla même jusqu'à déléguer des commissaires
pour protéger les prisonniers détenus pour *dettes* ou pour
des *causes civiles*. Les procès-verbaux de la Commune
portent à la date du 2 septembre, à 4 heures du soir :
*Un membre rend compte de ce qui se passe à l'Abbaye. Les
citoyens enrôlés, craignant de laisser la ville au pouvoir des
malveillants, ne veulent point partir que tous les scélérats
du 10 août ne soient exterminés.* N'oublions pas, en outre,
que la calomnie avait porté tous ses fruits, et qu'ils
étaient mûrs ; ce fut le crime qui les cueillit. En résumé,
quelques scélérats, la plupart sans doute membres de la
Commune, ordonnèrent les massacres, une poignée de
brigands les exécuta, et tout Paris laissa faire. Honte à
Paris! Mais que Dieu lui pardonne, et que le sang inno-
cent ne retombe point sur cette lâche cité.

plus exalté et de plus perverti parmi la jeunesse
des écoles. *Les frères rouges de Danton*, c'est ainsi
qu'on appelait alors ces jeunes scélérats, paraissent n'avoir eu soif que du sang de prêtre; car
ils ne se mêlèrent qu'aux assassins de la maison
des Carmes, et ne furent vus dans aucune autre
prison.

Le premier sang qui coula aux Carmes dans
cette soirée odieuse fut celui d'un prêtre qui
s'avançait au-devant des meurtriers, et qui fut
atteint par une balle avant de pouvoir prononcer
une parole; et celui du père Gérault, directeur
des Dames de Sainte-Élisabeth. Le père Gérault
récitait alors son bréviaire et ne l'avait pas interrompu aux cris des assassins. Ce bréviaire,
transpercé d'une balle et teint de sang, a été retrouvé plus tard à l'endroit même du meurtre.
On le conserve précieusement aujourd'hui dans
la maison des Religieuses Carmélites. *L'archevêque! l'Archevêque! où est l'Archevêque d'Arles?*
vociférèrent alors les bandits. Cette question
s'adressait plus particulièrement à l'abbé de La
Panonnie, qui se trouvait en ce moment en face
des assassins et un peu en avant des autres prisonniers. L'héroïque prêtre pense pouvoir mourir à la place de son vénérable Archevêque; il

baisse les yeux et garde le silence. Admirable dévouement que la religion seule peut inspirer, et dont Madame Élisabeth avait déjà donné l'exemple, lorsqu'elle ne voulut point détromper les brigands du 20 juin qui la prenaient pour la Reine.

Cependant les bourreaux avaient reçu le signalement du prélat ; il était donc impossible que leur erreur se prolongeât longtemps. L'Archevêque, d'ailleurs, qui s'était d'abord prosterné aux pieds d'une croix, priant et offrant sa vie à Dieu en expiant des crimes de la France, avait entendu qu'on l'appelait, et, craignant qu'un autre ne fût tué à sa place, il s'avançait alors vers les meurtriers en prononçant ces belles paroles : *Remercions Dieu, messieurs, de ce qu'il nous appelle à sceller de notre sang la foi que nous professons ; demandons-lui la grâce, que nous ne saurions obtenir par nos propres mérites, et surtout celle de la persévérance finale.*

— C'est donc toi qui es l'Archevêque d'Arles, lui dit un des brigands.

— Oui, messieurs, je suis celui que vous cherchez, je suis l'Archevêque d'Arles.

— Ah ! malheureux, c'est donc toi qui as fait verser le sang des patriotes d'Arles.

— Messieurs, je n'ai jamais fait répandre le sang de personne, ni fait de mal à qui que ce soit de ma vie.

— Eh bien, je vais t'en faire, moi!

Et le misérable brandit son sabre; l'Archevêque s'agenouille devant le plus âgé des prêtres et le prie de l'absoudre; puis il se relève, et les bras croisés sur la poitrine, il attend. Le calme imposant du noble vieillard, l'auréole du martyre qui déjà rayonne sur sa tête, éblouit un moment cette horde de cannibales. Ils s'avancent, reculent, hésitent : on dirait qu'ils ont peur de le toucher. Enfin, le plus féroce de ces monstres lui reproche de nouveau d'une voix entrecoupée par la rage d'avoir fait assassiner les patriotes d'Arles; et presque au même instant il lui assène un coup de sabre sur la tête. L'Archevêque n'est que légèrement blessé; mais il ne se plaint pas, il ne cherche pas à fuir, il demeure immobile. Un second coup de sabre lui fend le visage, le sang coule, la contraction occasionnée par la douleur rend le Prélat méconnaissable, même à ses compagnons. Un troisième coup le renverse, et un de ces scélérats lui enfonce sa pique dans la poitrine avec tant de violence que le fer y reste. Le tigre s'acharne sur sa proie expirante, il l'insulte,

la frappe, la foule aux pieds; inutiles outrages,
l'âme sainte s'est envolée au ciel !

Ce fut alors que commença un étrange spectacle. Les prisonniers s'étaient dispersés dans
le vaste enclos du monastère ; les assassins les
y poursuivirent, le sabre levé, ou le pistolet à
la main et le doigt sur la détente. On les tirait
sur les arbres, sur les murs, derrière les buis-
sons; c'était comme une chasse aux bêtes fauves.
Plus de quarante prêtres furent ainsi massacrés
dans le jardin. Quelques-uns se sauvèrent en
escaladant le mur de clôture ; mais ils revinrent
presque tous se livrer d'eux-mêmes à la mort,
dans la crainte que la rage trompée de leurs
bourreaux ne rendît encore plus cruelle l'agonie
de ceux qui ne pouvaient fuir.

Vu la nature du terrain où elle avait lieu,
cette chasse monstrueuse faite à des hommes
par des hommes menaçait de durer plus longtemps qu'il ne convenait aux égorgeurs. Déjà
le carnage semblait même se ralentir lorsque la
bande de Maillard arriva. Un des chefs comprit
qu'il était urgent de régulariser le massacre.
Il accourut vers les assassins, leur enjoignit de
suspendre la fusillade ; et aussi tranquillement,
sans plus s'émouvoir que s'il se fût agi d'une

des opérations les plus vulgaires de la vie, il
leur dit : *Messieurs, ce n'est pas comme cela qu'il
faut faire, vous vous y prenez mal, faites ce que je
vais vous dire.* Je ne connais pas le nom de cet
homme. D'autres voix, des voix amies, peut-être,
crièrent : *Arrêtez, arrêtez ! la vengeance du peuple
est juste, mais il y a des innocents qu'il faut
épargner.*

Le commandant du poste, resté à l'autre extrémité du jardin, ordonna alors de faire rentrer
dans l'Église tous les prêtres qui respiraient
encore [1] ; les deux Évêques étaient de ce nombre.
On y reconduisit à coups de plat de sabre ceux
qui pouvaient marcher, on y traîna les blessés
et les mourants. Une fois encore les ministres du
Seigneur se trouvaient réunis dans le temple ;
hélas ! ce n'était plus pour y célébrer les saints
Mystères, c'était pour mourir.

Les prières de l'agonie s'élevèrent alors de
tous côtés ; les confessions recommencèrent à la
hâte, car on sentait que les bourreaux ne vou-

1. Ce ne fut pas, cependant, sans avoir représenté aux
assassins que les prisonniers n'étaient pas jugés et qu'ils
se trouvaient encore sous la protection de la loi. Mais
les assassins répondirent au commandant que les prisonniers étaient des scélérats et qu'ils devaient tous périr.

draient pas attendre; et chacun de ces saints,
s'oubliant lui-même, ne pensait qu'à fortifier ses
frères dans cette dernière épreuve qui les séparait encore du ciel. Un commissaire de la Commune avait pris le nom de tous les prêtres à
mesure qu'ils se retiraient du jardin. On les
appela deux à deux. Ils sortaient de l'église par
une porte à gauche du maître-autel, ils suivaient
un petit corridor, et parvenaient enfin sur une
terrasse communiquant avec le jardin par un
double escalier. Les deux martyrs se bénissaient
alors mutuellement pour la dernière fois, ils des-
cendaient chacun de leur côté les degrés déjà
rouges de sang, on leur offrait la vie en échange
du serment schismatique; ils refusaient et tombaient sous le fer des piques et des sabres. Tous
refusèrent, tous moururent. Les cadavres s'entassaient, le sang coulait; les prières de l'agonie
et de la mort ne discontinuaient pas, et leur écho,
qui allait s'affaiblissant à chaque nouveau martyr, se mêlait au râle des victimes, aux hurlements et aux blasphèmes des bourreaux.

L'Évêque de Saintes fut appelé un des derniers.
Gravement blessé pendant la fusillade, il ne pouvait marcher; il répondit tranquillement aux
assassins qui lui ordonnaient de le suivre :

Messieurs, je ne refuse point d'aller mourir comme les autres; mais vous voyez l'état où je suis, j'ai la jambe cassée. Je vous prie de m'aider, et j'irai volontiers au supplice. Deux brigands le soutinrent par-dessous les bras jusqu'au fatal escalier où il consomma son martyre. *Je me perds,* disait deux jours après le commissaire de la section, Violet, *je m'abîme d'étonnement, je n'y conçois rien, et tous ceux qui auraient pu le voir n'en seraient pas moins surpris que moi. Ces prêtres allaient à la mort avec la même joie et la même allégresse que s'ils fussent allés à des noces.*

Ce que ne comprenait pas le commissaire Violet, beaucoup de mes lecteurs, j'en suis sûr, remercient Dieu tous les jours de ce qu'il leur a fait la grâce de le comprendre.

Ainsi moururent en témoignage du Christ cent quatre-vingt-cinq prêtres sur deux cents détenus dans la maison des Carmes [1]. Les pre-

---

[1]. Ces deux chiffres n'ont jamais été bien exactement connus. Le chiffre officiel des morts a été donné d'après le registre d'écrou, ou plutôt d'après de simples souvenirs et dans un sens d'atténuation. Le registre d'écrou, lui-même, est, en ce qui concerne le nombre des victimes, un document de bien peu de valeur; car beaucoup d'arrestations eurent lieu sans la formalité de l'inscription dans les derniers jours du mois d'août et le premier jour de

miers siècles du Christianisme semblaient recommencer pour le clergé de France. On l'a quelquefois accusé de n'avoir pas toujours traversé impunément les longues années de sa prospérité. Quoi qu'il en soit de cette accusation, fausse d'ailleurs dans sa généralité, il puisa ce jour-là une nouvelle sève dans le sang glorieux de ses martyrs. Que ce sang ne retombe point sur cette lâche cité qui l'a laissé répandre ; mais qu'il soit, au contraire, comme autrefois, une semence féconde de chrétiens, et que le grand arbre du catholicisme reprenne sa vigueur primitive sous la hache qui a brisé ses rameaux.

septembre. Le chiffre des morts, tel que nous le donnons ci-dessus, est bien loin d'être exagéré ; un historien le porte même à plus de 200. Quelques prêtres parvinrent à se sauver en franchissant le mur du jardin, ou en se cachant dans le clocher de l'église ou dans les combles de la maison ; d'autres furent réclamés par la section. L'abbé Saurin, qui était de Marseille, dut la vie à la protection d'un fédéré marseillais. L'abbé Dutillet fut sauvé par un autre Marseillais qui l'avait couché en joue trois fois sans que l'arme prît feu. Vers la fin du massacre, le commandant (je ne sais de quelle arme, car cet officier ne porte pas d'autre désignation) parvint à sauver, en les faisant cacher sous des bancs, six prisonniers sur vingt qui restaient encore.

CHAPITRE VIII.

LA PRISON DE LA FORCE.

Le récit des événements accomplis dans la maison des Carmes nous a fait perdre de vue le malheureux Julien. On n'a pas oublié, sans doute, qu'entraîné par la foule des égorgeurs, soupçonné par quelques-uns de ces hommes malgré sa mise de sans-culotte et quoique couvert de sang après avoir trébuché sur des cadavres, il avait été obligé de suivre cette horde de brigands lorsqu'elle s'était retirée de l'Abbaye. Il est beaucoup plus facile de s'imaginer que de décrire les inquiétudes mortelles, l'horreur profonde, qui s'emparèrent de son âme, lorsqu'il se vit renfermé comme dans un cirque au milieu de ces tigres déchaînés. Vingt fois, au commencemnet du massacre, il avait été tenté de se précipiter sur les assassins, et de périr, s'il le fallait,

en essayant de leur enlever quelque victime.
Retenu par le souvenir des dangers de son oncle,
plus encore que par le sentiment de ses propres
dangers et de son impuissance, il ne tarda pas à
tomber dans une sorte d'hébétement (c'est le
seul mot qui rende notre pensée) qui le clouait
immobile devant ce spectacle infernal. Les
vapeurs du sang lui portaient au cerveau, il était
ivre, les objets ne lui apparaissaient plus qu'à
travers un brouillard rouge.

Il était impossible, cependant, que cette situation se prolongeât sans que les soupçons qu'il
avait excités à l'Abbaye se réveillassent avec
encore plus de violence. De temps à autre de
féroces regards se dirigeaient vers lui, une sourde
rumeur se faisait entendre; à chaque minute il
pouvait être massacré. Un accident qui aurait
dû le perdre le sauva, pour le moment du moins.

Un des deux prêtres qu'on assassinait vint se
rouler jusqu'aux pieds de Julien, dont il étreignit
fortement les pieds dans les dernières convulsions
de son agonie. Julien tomba sur la victime expirante dont le sang l'inondait; sa figure toucha
cette figure que rendaient terrible les contrac-
tions de la mort, et le dernier soupir du prêtre
s'exhala sur les lèvres du jeune homme dans

cet effroyable embrassement. C'en était trop
pour Julien; il se releva sur ses genoux, il
attacha des regards effarés sur le cadavre, et la
détente venant à s'opérer dans son système
nerveux, il pleura silencieusement pendant quelques minutes; puis, comme cela arrive assez souvent dans les attaques de nerfs, il partit d'un épouvantable éclat de rire entrecoupé de sanglots.

Les égorgeurs s'y trompèrent. Ils prirent une
convulsion nerveuse pour le délire frénétique
d'une vengeance assouvie. Ils crurent à une de
ces haines féroces qui veulent voir de leurs yeux
et palper de leurs mains, pour ainsi dire, la
mort d'un ennemi abhorré. Ils entourèrent avec
une espèce de respect farouche Julien que cette
crise avait fait revenir à lui-même, et qui, sen-
tant le danger de sa position, maîtrisa l'horreur
et le dégoût dont il était saisi, de manière à ne
plus donner prise à la défiance qui pouvait se
réveiller à chaque instant.

Huit heures du soir sonnaient à l'horloge des
Carmes, le dernier des cent quatre-vingt-cinq
prêtres venaient de mourir, les assassins étaient
las de tuer; ils pénétrèrent dans l'église, où
Julien fut obligé de les suivre, et se firent appor
ter du vin.

L'imagination la plus dévergondée n'a jamais rien rêvé d'aussi sombre que le tableau qui se déroula alors dans cet ancien asile des vertus chrétiennes et des mystères sacrés.

La vaste nef n'était éclairée qu'à peine par la lumière rougeâtre de quelques torches dont la fumée qui s'élevait en spirales redescendait ensuite progressivement et sous la forme d'un nuage gris et épais. Des statues de pierre, mutilées dans leurs niches, semblaient grimacer hideusement à travers ce voile de fumée et sous les reflets de cette fantastique lueur. Les extrémités de l'église étaient plongées dans une obscurité profonde que sillonnait de temps à autre le flambeau allumé d'un égorgeur en retard. Des tables avaient été dressées à la hâte dans l'espace à demi éclairé par les torches et par quelques cierges dérobés à la sacristie. Des sabres, rouges de sang jusqu'à la garde, étaient posés sur les planches à peine dégrossies, à côté de nombreuses bouteilles pleines de vin. Les massacreurs, les bras nus, la poitrine débraillée, allaient et venaient autour des tables, imprimant en rouge les traces de leurs pieds sur les dalles et celles de leurs doigts sur les verres. L'ivresse du vin se mêlait à celle du sang; la

vieille basilique retentissait de chansons infâmes,
d'atroces plaisanteries sur les tortures des victimes, et de blasphèmes à faire crouler la voûte de
l'église, si Dieu n'avait pas l'éternité pour punir.

Pendant que l'orgie allait croissant, un de ces
misérables, fatigué mais non rassasié de tuer et
de boire, voulut se coucher sur un vieux matelas
qui avait probablement servi de lit à quelque
victime de la fusillade, à l'Évêque de Saintes
peut-être. Il venait de s'y laisser tomber de tout
son poids, lorsque des plaintes que l'on cherchait vainement à étouffer en sortirent. Le brigand se hâta de soulever le matelas, et découvrit un malheureux prêtre que cet asile avait
dérobé pendant de longues heures à la rage de
ses bourreaux. Il le prit par une jambe et le
traîna avec une joie de cannibale jusque vers
le milieu de l'église, où se trouvaient réunis la
plupart des assassins.

La plume se refuse à décrire l'épouvantable
scène qui s'ensuivit. Elle allait se terminer par
le meurtre du prêtre, lorsqu'un des bandits perça
la foule, poussant devant lui, en dépit d'une résistance vigoureuse, Julien désarmé, les habits
en désordre, et haletant d'indignation et de las-
situde, après d'inutiles efforts.

—Citoyens, vociféra le nouvel arrivé, voici
le jeune camarade qui ne paraît pas avoir pris
beaucoup de goût à la besogne d'aujourd'hui.
Si vous m'en croyez, nous allons tâter le pouls
à son patriotisme. Qu'il prenne un sabre, ou
une pique, ou un pistolet, ce qu'il voudra,
n'importe; et qu'il nous débarrasse proprement
de ce damné calotin réfractaire que le diable
semble nous avoir envoyé ici tout exprès pour
cela.

Un assourdissant vacarme composé princi-
palement des verres qui se choquaient sur les
tables, de ricanements et de blasphèmes annonça
que la proposition venait d'être accueillie à
l'unanimité. Julien sentit tout son sang se glacer
d'horreur dans ses veines; il saisit convulsivement l'arme qu'on lui présentait; mais avant
qu'il pût s'en servir, comme c'était son intention, pour essayer de s'ouvrir un passage à travers les scélérats qui l'environnaient, un nouvel
incident vint l'arracher comme par miracle à
cette position désespérée. Un des chefs du massacre venait d'entrer dans l'église. Il n'eut pas
plutôt connaissance de la détermination des
bandits, qu'il se précipita soudainement, le
sabre à la main, dans les groupes qui entou-

raient les deux principaux personnages de cette scène.

— Que personne ne touche à ce jeune homme, s'écria-t-il d'une voix impérieuse, je réponds de son patriotisme et on a besoin de lui à l'Abbaye.

Il le saisit aussitôt d'une main vigoureuse, et de l'autre il déchargea un grand coup de sabre sur la tête du prêtre[1]. Pendant que la meute des assassins se précipitait sur cette proie qui venait de tomber, il entraîna Julien terrifié hors de l'église. Arrivés dans la rue, il le fit monter avec lui dans un fiacre qui passait en ce moment.

— Où faut-il vous conduire, notre bourgeois? demanda le cocher.

— A la prison de la Force, répondit-il.

La voiture roulait depuis longtemps, et Julien, un peu revenu de sa stupeur, ne se sentait pas le courage de remercier son étrange guide qu'il reconnaissait parfaitement pour un des chefs les plus influents de l'expédition des Carmes. La conduite de son libérateur, car il

---

1. Tous les prêtres qui périrent aux Carmes furent massacrés dans le jardin. Un seul, que l'on découvrit sous un matelas, fut assassiné dans l'église.

ne pouvait lui refuser ce titre, lui paraissait
d'ailleurs tellement équivoque, tellement extraordinaire, que plus il y réfléchissait, plus il
sentait redoubler son anxiété. En effet, dans
quelles intentions cet homme l'avait-il sauvé?
Était-ce par humanité? Non, sans doute; sa
conduite dans tout le cours du massacre et le
crime qu'il venait de commettre tout à l'heure
même dans l'église, donnaient un démenti for-
mel à cette supposition. Et puis était-il bien
sûr que Julien fût sauvé? Pourquoi le condui-
sait-on à la prison de la Force? La Force n'était-
elle pas au pouvoir de quelque autre bande
d'assassins? D'un autre côté, cependant, si on
en voulait à sa vie, pourquoi venait-on de l'arracher à une mort certaine? Quel intérêt pouvait-
on avoir à le faire massacrer à la Force plutôt
que dans l'église des Carmes?

Il était plus facile de s'adresser ces questions
que d'y répondre. Aussi Julien, peu rassuré
sur les suites de son aventure, résolut d'ouvrir
subitement une des portières et de se précipiter
sur le pavé au risque de se briser les jambes
Mais au premier mouvement qu'il fit pour
mettre ce projet à exécution, son conducteur
lui plaça un canon de pistolet sur la poitrine, et

lui déclara qu'il était mort s'il se permettait
encore la moindre tentative d'évasion.

Julien se résigna. Le fiacre arriva enfin dans
la cour de la prison de la Force ; cette cour était
éclairée aux flambeaux. Là encore le pavé était
humide de sang, jonché de cadavres. Dans un
coin s'élevait une espèce de montagne formée
par les corps, les membres mutilés, les vêtements souillés de sang et de boue, des malheureux qui avaient péri à cette place. On y amenait l'un après l'autre, et sous prétexte de
prêter serment de fidélité à la Nation, les prisonniers dont on voulait abuser l'agonie ou dont
on craignait soit une résistance désespérée, soit
de compromettantes révélations. Deux hommes
qui se tenaient debout sur cette horrible montagne les massacraient à l'instant. Les corps
tombaient et le sang coulait sur ce monceau de
cadavres, pendant que les têtes, séparées des
troncs et grimaçantes encore, servaient de jouet
à la populace féroce qui hurlait à l'entour.
D'autres victimes étaient traînées pas les pieds
ou par les cheveux, et hachées à coups de sabre,
criblées de coups de pique, ou assommées à
coups de gourdin. On appliquait une torche ardente sur la figure de quelques autres, de crainte

probablement qu'elles ne fussent reconnues.

Ce ne fut pas sans peine et sans courir beaucoup de dangers que Julien et son guide parvinrent à pénétrer dans l'intérieur de la prison. L'inconnu parla quelque temps au geôlier à voix basse ; après quoi, celui-ci, prenant une clef qu'il détacha d'un énorme trousseau, passa devant les nouveaux arrivés et les engagea à le suivre avec précaution, attendu que la nuit commençait à se faire très-sombre et qu'il ne serait pas prudent de se procurer de la lumière. Il les conduisit dans une petite chambre située au troisième étage, et donnant sur la cour par une ouverture très-étroite en forme de meurtrière. Là il déposa sur une table du pain, du vin et quelques viandes froides ; un couvert de bois, mais pas de couteau.

— Vous voilà en sûreté pour le moment, dit alors l'inconnu à Julien ; cependant, prenez-y bien garde, je ne vous sauverai point malgré vous.

Puis, avant que Julien fût revenu de son étonnement, il se retira suivi du geôlier qui ferma l'énorme serrure de la porte à double tour.

Demeuré seul, Julien, dont les événements de cette journée avaient épuisé les forces et le courage, allait se jeter tout habillé sur son lit, lorsque, à sa grande joie, si l'on peut donner ce nom à une sensation quelconque dans une pareille situation, il sentit la tête laineuse de son chien se glisser doucement entre ses jambes. Le pauvre jeune homme n'avait guère pensé à Calby de toute la journée ; mais le fidèle animal s'était attaché aux pas de son maître ; il l'avait suivi constamment, tantôt de près, tantôt de loin, suivant les circonstances, et avait fini par s'introduire dans la chambre sans être aperçu, à la faveur de l'obscurité de la nuit.

L'influence qu'exercent quelquefois sur notre âme les circonstances les plus futiles est un fait aussi réel qu'inexplicable. Il est certain que l'apparition de Calby ne se liait par aucune idée intermédiaire à une modification quelconque dans la situation de son maître, elle ne pouvait tout au plus que lui apporter de stériles consolations ; Julien puisa, toutefois, dans la présence de cet ancien ami, une résolution et un courage qui lui manquaient déjà totalement, quoiqu'il n'en eût jamais tant éprouvé le besoin.

Rassuré sur la crainte d'un danger immédiat, il essaya de dormir ; mais l'effroyable tumulte qui régnait dans la cour, et, par intervalles, dans

la maison, l'en empêcha. Les massacres n'avaient
pas discontinué pendant la nuit; et quand le
jour se leva, la clarté du soleil ne servit qu'à
rendre encore plus horrible le spectacle qui frappait les yeux du prisonnier, toutes les fois qu'a-
vec des précautions infinies pour ne pas être vu,
il se hasardait à jeter un coup d'œil par la petite
ouverture de sa chambre. En effet, la scène qu'il
n'avait entrevue que confusément à la lueur des
torches lui apparaissait maintenant claire et distincte jusque dans ses moindres parties. C'était
un calice d'angoisses dont il ne lui était plus
possible de perdre une goutte. L'agonie des victimes, les raffinements des tortures, toutes les
variétés du meurtre, en un mot, se présentaient
à lui avec une épouvantable précision de détails,
dans cette cour fatale vers laquelle ses regards
étaient constamment attirés comme par une espèce de fascination.

Son attention fut enfin distraite par un bruit
de voix qu'il entendit dans une chambre au-
dessus de la sienne. Cette chambre était celle
de l'infortuné Rhulières, commandant du guet
de Paris, et plus tard de la gendarmerie à cheval. Julien se coucha à plat ventre près de la
cheminée, et put saisir quelques paroles de celles

qui se prononçaient à l'étage inférieur. *Depuis deux heures que j'abats des membres de droite et de gauche*, disait une voix, *je suis plus fatigué qu'un maçon qui bat le plâtre depuis deux jours*. Et comme le prisonnier ou l'un des prisonniers qui habitait cette chambre voulait prendre son chapeau : *Laissez-le là*, lui répondit-on, *vous n'en avez plus besoin*.

Quelques minutes après, des cris déchirants qui partaient de la cour attirèrent Julien à la fenêtre. Il aperçut le malheureux Rhulières, que les fonctions qu'il avait exercées désignaient plus particulièrement à la vengeance de ces lâches, tout nu, couvert de sang, tombant, se relevant, faisant quelques pas et tombant encore sous les coups de plat de sabre dont on l'accablait, et qui l'eurent bientôt couvert de plaies depuis les pieds jusqu'à la tête. Après une demi-heure d'une lutte désespérée et de souffrances atroces, il expira.

On a dit que la vie d'un petit nombre de prisonniers avait été achetée au prix d'immenses sacrifices. Quelques-uns, M. de Sombreuil à l'Abbaye, par exemple, furent épargnés dans de rares moments d'une émotion providentielle ; d'autres durent la vie à des dévouements désintéressés. Mlle Pauline de Tourzel et Mme la marquise de Tourzel, gouvernantes des Enfants de France, furent sauvées. Julien vit arriver cette dernière dans la cour; on voulut la faire monter sur le monceau de cadavres dont nous avons parlé, mais des hommes que l'on croirait volontiers payés pour cela, s'ils n'avaient pas refusé un peu plus tard l'argent que Mme de Tourzel leur offrait, la défendirent; ils assurèrent qu'elle avait déjà prêté serment de fidélité à la Nation, et, moitié par force, moitié par adresse, ils l'arrachèrent enfin des mains de ces furieux. Mme de Tarente fut aussi entraînée devant les massacreurs. Elle était dame du palais de la Reine; on entreprit de lui faire signer un déclaration calomnieuse qui aurait gravement compromis cette princesse. A cette odieuse proposition, aux menaces qu'on lui adressait de toute part, Mme de Tarente ne répondit que par la protestation héroïque de son amour et de son respect sans borne pour la Reine. *Je ne connais de la Reine*, s'écria-t-elle, *que ses hautes vertus et sa bonté!* Et elle se mit à parler de sa noble maîtresse avec une onction si touchante, avec une énergie si imprudemment généreuse, qu'elle aurait été massacrée dès les premières paroles si

quelques assassins n'avaient été gagnés d'avance,
ou si la meute tout entière ne s'était pas trouvée repue, car il est difficile de croire soit à
l'émotion, soit à la pitié de ces monstres. Ils
se retirèrent brusquement en lui disant : *Tais-toi,
retourne chez toi.* Le premier mouvement de la princesse de Tarente fut de tomber à genoux. Lorsqu'elle se releva, depuis la hauteur des genoux
jusqu'en bas, Julien ne pouvait plus distinguer
ni la couleur, ni les dessins de sa robe de perse,
tant l'étoffe s'était imbibée de sang humain.

Le trois et le quatre septembre s'écoulèrent
ainsi pour Julien dans une inquiétude et une impatience dont il est facile de se faire une idée.
Le geôlier n'était entré dans sa chambre qu'une
fois par jour, afin de renouveler ses provisions;
mais il s'était retiré à la hâte après chaque
visite, et n'avait jamais répondu aux questions
du prisonnier qu'en l'exhortant à ne pas faire
de bruit et à ne s'approcher de la fenêtre que le
moins possible. Quant à Calby, toutes les fois
qu'il entendait ouvrir la porte, il allait se cacher
sous le lit ou dans le coin le plus obscur de l'appartement.

Le troisième jour de la détention de Julien
allait expirer, sans que les scènes de carnage

eussent été interrompues autrement que par les intervalles nécessaires pour l'enlèvement des cadavres et pour le repos physique des bourreaux, lorsque le prisonnier entendit tourner une clef dans la serrure de sa porte. Les verrous furent tirés doucement et avec précaution comme si on avait eu peur que le bruit de leur frottement ne se répercutât dans le corridor. Peu de moments après, Julien se trouvait en présence de son inconnu.

Quoique habillé en bourgeois et grossièrement, comme un homme du peuple, l'étranger était armé : il avait un sabre au côté et des pistolets à la ceinture. Il portait, en outre, les signes distinctifs des commissaires de section, c'est-à-dire une cocarde tricolore à son chapeau et un large ruban de la même couleur en sautoir.

— Jeune homme, dit-il à Julien, en lui parlant à voix basse, les moments sont précieux. Depuis votre arrivée à la Force, vous avez pu voir comment le peuple sait se faire justice des conspirateurs et des traîtres. Je n'ai qu'à prononcer un mot, qu'à pousser un cri, et vous êtes mort.

Le prisonnier tressaillit involontairement. L'étranger s'en aperçut et continua :

— Rassurez-vous cependant; je ne veux pas vous perdre, votre vie et votre mort sont entre vos mains, c'est vous-même qui allez disposer de votre sort..... Où sont les papiers du citoyen Scævola?

En présence d'une mort immédiate et horrible sans doute, Julien hésita peut-être pendant quelques minutes; mais une chance de salut étant venue se présenter inopinément à son esprit, il jeta sur l'étranger un regard dédaigneux et garda le silence. Celui-ci employa tour à tour, mais en vain, les plus adroites promesses et les plus terribles menaces, jusqu'au moment où sa colère qu'il ne contenait plus qu'à grand'-peine et qui grossissait à chaque désappointement fit explosion.

— Eh bien ! s'écria-t-il alors, brute d'aristocrate, meurs dans ton obstination comme ton oncle; il est maintenant trop tard pour te repentir.

Et il se précipita vers la croisée, et il ouvrait déjà la bouche pour appeler les égorgeurs; lorsqu'il se sentit terrassé lui-même par une espèce de bête féroce, toute velue, toute couverte de sang caillé, fixant sur lui ses deux grands yeux étincelants de colère, et lui serrant déjà la gorge

comme dans un étau, entre deux terribles mâ-
choires de force à étrangler un loup.

C'était Calby qui venait d'obéir à l'appel de
son maître et qui l'aurait délivré pour toujours
de son ennemi en moins de temps qu'il n'en faudrait pour le dire, si Julien ne lui avait pas ordonné de le tenir en respect, mais sans lui faire
de mal.

L'inconnu tomba avant d'avoir pu prononcer
une parole. Son trouble et son effroi, car il n'a-
vait pas cessé de sentir l'haleine du chien sur
sa figure et la pression de deux fortes rangées
de dents autour de son cou, donnèrent au prisonnier le temps de lui arracher ses armes, de
le garrotter fortement et de le bâillonner au
moyen de sa propre cravate, d'une serviette et
d'un mouchoir.

Julien s'empara du sabre et des pistolets qu'il
venait de conquérir dans cette lutte. Il se revêtit
des insignes administratifs dont il venait de dépouiller son ennemi, ouvrit la porte, la referma
à clef et descendit hardiment. La soirée était assez sombre pour qu'il fût difficile à ceux qui le
rencontrèrent de distinguer les traits de son visage, pas assez cependant pour qu'on ne pût
remarquer sa démarche assurée, ses armes et

son écharpe tricolore. Le geôlier, qui attendait
au bas de l'escalier, et à qui il remit la clef de
son appartement avec un sang-froid capable de
déconcerter tous les soupçons, n'en demanda pas
davantage ; il le salua avec une sorte de familiarité respectueuse, et le laissa passer sans lui
adresser de questions.

Lorsque le fugitif arriva dans la cour, on y
entraînait la princesse de Lamballe. La porte de
la rue était fermée et gardée par un groupe de
massacreurs.

CHAPITRE IX.

L'ABBAYE.

Une horde d'assassins avait envahi toutes les prisons de la capitale : on massacrait en neuf endroits différents. Après avoir terminé sa san‑glante besogne à la maison des Carmes, la bande de l'huissier Maillard revint à l'Abbaye, où le massacre, qui n'avait point discontinué pendant son absence, reprit une nouvelle activité. Les cadavres s'entassaient rapidement sur les cada‑vres, lorsqu'une lettre apportée de l'Hôtel-de-Ville vint suspendre le meurtre, ou plutôt lui imposer, comme à la maison des Carmes, une certaine régularité. Cette lettre, qui ne porte point de signature dans l'ouvrage où nous la co‑pions, contenait ceci : *Au nom du peuple, mes camarades, il vous est ordonné de juger tous les pri‑sonniers de l'Abbaye sans distinction.*

11.

Immédiatement après la lecture de cet ordre, une commission dite populaire, et que les journaux révolutionnaires du lendemain ne rougirent pas d'appeler un tribunal équitable, se forma comme par instinct. Douze bandits présidés par l'huissier Maillard s'installent en qualité de juges dans une des salles du rez-de-chaussée; ils conviennent entre eux d'une formule d'interrogatoire très-expéditive; et pour éviter toute scène violente dans l'intérieur de la prison, ils décident qu'on ne prononcera point l'arrêt de mort devant les condamnés, mais que ces mots : *Élargissez Monsieur* ou *A la Force !* en tiendront lieu. Des tribunaux du même genre s'organisent un peu plus tôt ou un peu plus tard dans tous les lieux où l'on massacre; et partout, comme si cela avait été convenu d'avance, des formules analogues remplacent une sentence de mort. C'est ainsi que, par une duperie abominable, le malheureux dont on venait de décider le massacre se précipitait de lui-même sur le fer de ses assassins lorsqu'il croyait courir à la liberté. Les cris de *Vive la nation !* accompagnaient la sortie du très-petit nombre de prisonniers dont la vie devait être respectée, et qui cependant ne parvenaient pas tous à sortir sains et saufs de ce repaire. Il y en eut environ deux cent cinquante de sauvés[1].

Il est impossible de déterminer le nombre des victimes qui périrent dans ces néfastes journées. Le plan des massacreurs avait été conçu dans l'ombre, le mystère en a enveloppé les résultats. Plusieurs mémoires ont porté ce nombre à 8,000 et à 12,000, d'autres l'ont réduit à 4,000. Les registres des écrous ne fourniraient que des éléments fort incomplets de calcul, puisque des milliers de personnes furent arrêtées vers la fin d'août, et incarcérées sans avoir été inscrites sur les livres des prisons. Il n'existe, au reste, que trois livres d'écrous, dont un, au moins, celui de l'Abbaye est encore tout souillé de taches de vin et de sang. Et il y avait neuf théâtres de carnage; et parmi les registres qui manquent, on regrette celui de la maison de Bicêtre, où les prisonniers étaient en si grand nombre qu'ils se défendirent, et qu'on fut obligé de les noyer dans

1. Beaucoup de prisonniers, parmi ceux qui échappèrent à la mort, ne durent leur salut qu'à l'adresse et au courage de quelques hommes généreux. Les Mémoires du temps nous ont transmis les noms des citoyens Bachelard, Grapin, Monnot et Maillot, qui, au péril de leur vie, sauvèrent celle d'un assez grand nombre de victimes.

les caves et de les massacrer à coups de canon.

Ce qu'il y a de certain, c'est que, malgré le long cri d'horreur qui s'éleva dans toute la ville contre les auteurs des massacres, malgré les protestations de plusieurs sections qui arrêtèrent même de mettre sous leur sauvegarde les personnes et les propriétés, on tua nuit et jour depuis le 2 septembre jusqu'au 6 ; que le meurtre était devenu en quelque sorte une occupation régulière ; que les bourreaux suspendaient les exécutions pour enlever les cadavres et faire tranquillement leurs repas ; et que des femmes portaient le diner de leurs maris, occupés, disaient-elles, dans les prisons. Un témoin oculaire raconte le fait suivant : Deux femmes furent rencontrées le matin, tenant à la main une écuelle de soupe et de la viande dans un potage. *Où allez-vous donc?* leur dit une voisine. *Je portons à déjeuner*, répondirent-elles, *à nos hommes qui travaillent à l'Abbaye.* Un tueur qui venait de cuver son vin dans la cour leur demanda s'il y avait encore de la besogne. *S'il n'y en a pas, il faudra bien en faire!* répliquèrent ces deux femmes.

Il paraît avéré que les directeurs de cette boucherie étaient convenus d'un salaire avec les égorgeurs [1]. Ces ouvriers de la mort trouvèrent probablement qu'ils avaient fait un marché de

[1]. Au moins est-il certain qu'ils furent payés ; voici, entre autres preuves, ce qu'on lit à ce sujet dans la déclaration du citoyen Jourdan, président de la section des Quatre-Nations dont les comités tenaient leurs séances dans les bâtiments de l'Abbaye.

« .....Le lendemain je m'efforçai pour retourner au co-
« mité. Dans le cours de la matinée sept ou huit massa-
« creurs vinrent me demander leur salaire. Quel salaire ?
« leur dis-je. Le ton d'indignation avec lequel je leur
« fis cette demande les déconcerta. Nous avons passé,
« dirent-ils, notre journée à dépouiller les morts ; vous
« êtes juste, Monsieur le président, vous nous donnerez
« ce qu'il vous plaira... Au même instant entre le citoyen
« Billaud-Varennes, alors officier municipal. Il nous fit
« un grand discours pour nous prouver l'utilité et la né-
« cessité de tout ce qui s'était passé. Il finit par nous dire
« qu'en venant au comité, il avait rencontré plusieurs des
« ouvriers (ce sont ses expressions) qui avaient travaillé
« dans cette journée, lesquels lui avaient demandé leur
« salaire ; qu'il leur avait promis que nous leur donne-
« rions à chacun un louis.... Ces gens revinrent au co-
« mité.... ils étaient furieux ; et je vis l'instant où nous
« allions être massacrés. Heureusement le citoyen C. nous
« sauva la vie en leur donnant d'abord des assignats
« qu'il avait sur lui, et en les invitant à le suivre chez
« lui pour leur donner le surplus de ce qu'ils deman-
« daient. Vraisemblablement ces ouvriers dirent aux
« autres ouvriers qui avaient travaillé dans les autres
« prisons que l'on donnait un louis dans le comité des

dupe, et que le sang d'aristocrate et de prêtre n'était pas payé assez cher. Ils commençaient donc à se payer eux-mêmes avec les dépouilles des victimes, lorsque Billaud-Varennes, apprenant que les égorgeurs volent les prisonnier qu'ils ont tués (belle merveille!) s'empresse d'accourir, monte sur une estrade dans la cour de l'Abbaye, et parle ainsi à toute la bande : *Mes*

« Quatre-Nations. Le lendemain, un nombre considérable
« vint nous demander aussi son salaire.... J'allai à la
« Commune pour m'expliquer avec les officiers munici-
« paux.... Je crus devoir m'adresser au citoyen Tallien,
« qui était alors secrétaire de la municipalité. Je lui
« expliquai le motif qui m'amenait. Il me répondit que
« cela ne le regardait pas, mais le comité d'exécution.
« J'avoue que je ne pus m'empêcher de tressaillir à ce
« mot *d'exécution*. Le citoyen Tallien s'en aperçut : Ce
« n'est pas, dit-il, ce que vous pouvez penser; c'est un
« comité qui a été établi pour payer les dépenses ordon-
« nées par la municipalité. Il m'offrit un de ses commis
« pour m'y conduire. Arrivé à ce comité, qui était com-
« posé de cinq membres, je lui demandai quel était le
« parti qu'il voulait que nous prissions.... Le président
« me demanda si l'on n'avait pas trouvé des assignats et
« de l'argent sur ceux qui avaient été tués.... Il chercha
« à me calmer, et finit par me dire que nous pouvions
« leur renvoyer tous ces ouvriers, et que le comité d'exé-
« cution verrait à s'arranger pour les satisfaire. Alors je
« me retirai. »

amis, mes bons amis! la Commune m'envoie vers
vous pour vous représenter que vous déshonorez cette
belle journée. On lui a dit que vous voliez ces coquins
d'aristocrates après en avoir fait justice. Laissez,
laissez tous les bijoux, tout l'argent et tous les effets
qu'ils ont sur eux pour les frais du grand acte de
justice que vous exercez. On aura soin de vous payer,
comme on en est convenu avec vous. Soyez nobles,
grands et généreux comme la profession que vous
remplissez. Que tout dans ce grand jour soit digne
du peuple, dont la souveraineté vous est commise.

On peut douter que ces paroles de Billaud-
Varennes aient produit tout l'effet qu'il en attendait. Il est certain, cependant, qu'on ne vola
pas tout, et qu'une partie des dépouilles fut sau-
vée. « On apportait sur la table du comité (des
« Quatre-Nations), dit encore un témoin ocu-
« laire, les bijoux, les portefeuilles, les mou-
« choirs, dégouttants de sang, qui avaient été
« trouvés dans les poches de ces infortunés.
« J'étais assis à cette même table; on me vit
« frémir à cette vue; le président témoigna le
« même sentiment; un des commissaires, nous
« adressant la parole : Le sang des ennemis,
« nous dit-il, est pour des patriotes l'objet qui les
« flatte le plus. » Les prisonniers en marchant

à la mort abandonnaient forcément dans leurs chambres les objets dont ils s'étaient munis dans la crainte d'une détention plus ou moins longue; ou, et ceci regarde plus particulièrement les ecclésiastiques, dans la prévision d'un exil perpétuel. Toutes ces dépouilles réunies formèrent un vaste dépôt dont on n'a plus entendu parler. La Commune de Paris, dans sa séance du 10, déclare que les effets mobiliers, tels que linge, hardes, bijoux et argent, trouvés sur les détenus, ne peuvent être considérés que comme propriétés particulières, sur lesquelles la Commune n'a aucun droit. Elle décide, en conséquence, que tous ces objets seront restitués aux parents, héritiers ou ayants cause des personnes décédées; que cette restitution aura lieu en présence d'un des commissaires du conseil, et qu'on dressera un procès-verbal de chaque remise. Nous ne savons si les administrateurs municipaux acquirent la certitude qu'il serait difficile, pour ne pas dire impossible, d'exécuter cette décision; peut-être le pillage général de ces dépouilles opimes était-il déjà consommé, ou assez avancé, du moins, pour qu'une promesse de restitution fût inexécutable; quoi qu'il en soit, un arrêté du même jour déclare que « tous les effets des pri-

« sonniers morts ou évadés depuis le 2 septembre
« appartiennent à la Nation [1]. »

Quel qu'ait été le but des monstres qui ordon-

---

1. Un des échappés du massacre des Carmes, l'abbé
Berthelet, raconte ce qui suit (Guillon : *Les Martyrs de
la Foi*. Jager : *Hist. de l'Église de France pendant la Révolution*) :

« A minuit les commissaires s'ajournèrent au lende-
« main et l'on nous conduisit dans une des salles du
« séminaire (de Saint-Sulpice) dont on avait fait une pri-
« son. Nous y étions depuis une heure lorsqu'un des
« égorgeurs vint se plaindre à haute voix, tant en son
« nom qu'en celui de ses camarades, qu'on les avait
« trompés; qu'on leur avait promis trois louis et qu'on
« ne voulait leur en donner qu'un seul. Le commissaire
« répondit qu'ils avaient encore dans les prisons de
« Saint-Firmin, de la Conciergerie, et autres, de l'ouvrage
« pour deux jours, ce qui ferait les trois louis promis ;
« que d'ailleurs on ne s'était point engagé à donner nos
« dépouilles, et que, croyant être déportés, nous nous
« étions presque tous fait habiller de neuf. L'égorgeur
« répliqua que ne sachant pas qu'ils auraient nos habits,
« ils tailladaient les prisonniers à coups de sabre; que
« dans cet état de choses, les fossoyeurs ne voulaient
« donner de nos dépouilles que 400 livres; qu'au surplus
« il allait vérifier avec le commissaire si les prisonniers
« qui avaient été réservés étaient ou non habillés de neuf.
« Et il entra aussitôt avec le commissaire dans la salle
« où nous étions. Heureusement nos habits examinés de
« près se trouvèrent usés, et les deux hommes sortirent
« ensemble. »

nèrent le massacre, on ne saurait disconvenir,
s'il faut s'en rapporter à certaines révélations,
que quelques-uns de leurs complices n'aient spéculé sur cette idée, et organisé d'avance la conspiration du vol à côté de la conspiration du
meurtre. De curieux détails nous ont été transmis à ce sujet par des Mémoires contemporains,
mais inédits jusqu'en 1824, dont l'auteur, mort
en 1706, a eu à sa disposition, par état, tous
les cartons des Comités de salut public et de
sûreté générale. Nous allons en copier un frag-
ment.

« M...... délivrant de faux passe-ports joua
« dans les horreurs de septembre un rôle parti-
« culier en fait de pillage. Les complices se dis-
« tribuèrent les rôles et préparèrent les opéra-
« tions. Quelques-uns répandirent le bruit que
« l'on allait faire des arrestations de prêtres,
« de nobles et d'aristocrates en grande quan-
« tité[1]; alors beaucoup de prêtres et autres

---

1. Il était assez inutile d'avoir recours à ce moyen;
l'état de la Capitale, les visites domiciliaires, les arrestations qui s'opéraient tous les jours, les exécutions, la
guillotine en permanence, le bruit répandu partout d'un
massacre général dans les prisons, tout cela était plus

« allèrent demander des passeports. On leur
« oppose d'abord quelques difficultés, et ils
« croient les lever avec de l'argent. Enfin,
« M...., pour remplir le but du complot, leur
« fait payer chèrement ces passeports, et soit
» pour éviter la preuve de cette infidélité,
« soit pour se soustraire aux suites de leur dé-
« livrance à des gens suspects ou réputés tels,
« il leur en donne de faux ; alors les menaces
« d'arrestation redoublèrent. Les fugitifs s'é-
« taient munis de ce qu'ils avaient de plus pré-
« cieux et de tout ce qui était portatif : ils n'ou-
« blièrent point leurs bijoux, l'or, l'argent, les
« assignats. Or, la distribution des passeports
« était mystérieusement indiquée pour le même
« moment et dans le même lieu ; et pendant que
« M.... délivrait ces passeports, il fit demander
« et expédier un ordre pour arrêter aux bar-
« rières beaucoup de personnes qui, disait-il,
« devaient sortir avec de faux passeports. Ainsi,
« par leur arrestation effectuée, on s'assura des
« bijoux, de l'or, de l'argent qu'ils emportaient.
« Cependant on affecta de les leur laisser, c'était

que suffisant pour alarmer les personnes dont parle l'auteur que nous citons.

« une ruse pour exécuter le reste du complot; le
« projet n'était pas rempli, il fallait trouver un
« moyen pour augmenter encore les dépouilles
« et se les assurer sans que les victimes s'en
« dessaisissent. On employa donc une autre per-
« fidie, et l'on fut dire, comme officiellement,
« dans les maisons d'arrêt, que l'on allait trans-
« férer tous les prisonniers de Paris, sans leur
« dire ni en quel endroit ni comment. Chacun
« s'étant muni d'or et de bijoux, y tenait encore
« davantage, et ceux qui craignaient d'en lais-
« ser derrière eux firent apporter tout ce qu'ils
« purent pour obvier aux suites de la prétendue
« translation. Alors les bouchers avaient fait
« engraisser leurs victimes; elles étaient bonnes
« à tuer, ils les tuèrent... Mais que sont deve-
« nus ces effets? Les a-t-on remis aux parents
« des victimes? Non! Les septembriseurs ne
« l'ont pas allégué pour leur justification, et la
« municipalité souvent inculpée n'a pas excipé
« d'un seul acte de remise. Ainsi que sont-ils
« devenus, ces effets? Ont-ils tourné au profit de
« quelque particulier, ou ont-ils été employés
« pour l'utilité publique? Depuis le temps que
« des reproches ont été directement adressés
« et réitérés publiquement à la municipalité, il

« n'a été ni présenté ni allégué aucun emploi ;
« on ne peut enfin douter qu'ils n'aient été par-
« tagés entre les complices [1]. »

Nous allons reprendre maintenant le récit
trop longtemps interrompu de notre histoire;
mais, quelque difficile que soit la position dans
laquelle nous avons laissé Julien à la fin du chapitre précédent, il est temps que nous revenions
à l'abbé Claude, détenu, on ne l'a pas oublié
sans doute, dans la prison de l'Abbaye.

L'abbé Claude avait été transféré de sa première chambre dans une petite pièce qu'il occupait seul, et dont la porte, garnie de gros verrous,
s'ouvrait sur un escalier par lequel on pouvait
descendre dans les cloîtres. Quoique l'unique
fenêtre de cette chambre ne donnât point sur le
théâtre du carnage, les hurlements des assassins,
les cris, les gémissements des victimes, parvenaient jusqu'au prisonnier et lui annonçaient assez qu'il ne lui restait plus à vivre qu'un bien petit
nombre d'heures, de minutes peut-être. De quel-

---

1. Un historien récent de la Révolution française croit
que les dépouilles provenant des massacres de septembre
contribuèrent à payer des intrigues criminelles et téné-
breuses, pour lesquelles il fallait des millions que le dé-
plorable état des finances ne permettait pas de réunir.

que manière qu'il envisageât sa position, il la
trouvait désespérée, car l'image du citoyen Scævola venait toujours se placer comme un spectre
entre lui et les rares chances de salut qui pouvaient exister encore pour les malheureux captifs. Un long espace de temps s'écoula avant que
l'abbé Claude pût revenir du trouble que lui avait
causé la certitude d'un massacre général, auquel,
sans doute, il ne devait pas échapper. Son esprit
se calma cependant peu à peu ; il se résigna, se
soumit sans murmurer aux volontés de la Providence ; il chercha dans une méditation fervente
un refuge contre les terreurs que lui apportait à
chaque instant l'horrible tumulte qui ne discon-
tinuait pas ; et bien persuadé qu'il n'avait plus
que peu de moments à vivre, il attendit la mort
en priant.

La prière est non-seulement un devoir, mais
encore nous croyons qu'on doit la considérer,
ainsi que la Foi, comme un des plus irrésistibles
besoins de l'âme. Abstraction faite même de ses
rapports avec le monde immatériel, le malheureux qui ne croit pas, qui ne prie pas, est un
homme incomplet ; car il lui manque, si on peut
s'exprimer ainsi, un organe essentiel approprié
au milieu dans lequel il est obligé de vivre, c'est-

à-dire, à la douleur, qui est, pour ainsi dire, son élément. Le bonheur lui-même ici-bas ne se compose guère que de résignation; mais Dieu nous a donné la foi et la prière pour arriver au ciel en traversant la vie, comme il a donné des ailes à l'oiseau pour franchir l'espace, ou le chameau à l'Arabe pour traverser le désert. Dans quelque situation qu'il se trouve, avec quelque violence que le vent de l'adversité souffle sur lui des quatre points de l'horizon, celui-là n'est jamais entièrement à plaindre, qui courbe pieusement la tête sous l'orage, et dit avec foi et confiance : Notre Père qui êtes aux cieux, que votre volonté soit faite !

Cependant, et tout résigné qu'il était, l'abbé Claude sentait que ses souffrances morales réagissaient fortement sur son physique. Il avait beau s'absorber dans la contemplation de l'éternité, la nature, qui ne perd jamais complétement ses droits, lui faisait envisager avec terreur le passage sanglant par lequel il devait y arriver. Son anxiété se joignit à la chaleur étouffante qu'il faisait ce jour-là pour allumer en lui une soif ardente. Il appela le geôlier et le pria de lui apporter de l'eau. Celui-ci, que des soins plus importants retenaient ailleurs, lui envoya sa

femme avec une cruche. La femme du geôlier
sortait de chez l'abbé Claude après s'être acquit-
tée de sa commission, lorsque des cris de douleur
mêlés à des cris de rage, à des imprécations et
à des blasphèmes, retentirent dans l'escalier.
C'était un prisonnier qui avait essayé de se défendre avec les débris d'une chaise et qu'on traî-
nait à la mort, en le hachant à coups de sabre
tout le long du chemin. Le sang de ce malheureux vint rejaillir sur la robe de la geôlière, qui
fut tellement épouvantée de ce spectacle, qu'elle
s'enfuit à moitié folle, et oublia de fermer la
porte de la chambre.

Cette porte ouverte pouvait être une porte de
salut pour l'abbé Claude. En effet, s'il réussissait
à gagner le jardin sans être vu, sans être reconnu
du moins, ce qui était difficile, mais pas impossible, il avait quelque chance d'en escalader le
mur de clôture et de se sauver. Prendre cette
résolution, quitter sa chambre, la refermer et en
emporter la clef pour qu'on ne s'aperçût pas
aussitôt de sa fuite, et descendre l'escalier, tout
cela fut l'affaire d'une minute à peine. A sa
grande consternation, il arriva devant la porte
du cloître au moment où l'huissier Maillard, es-
corté d'une foule d'hommes armés, venait de

l'ouvrir. Par une inspiration soudaine, le fugitif se glissa entre le mur et cette porte qui s'ouvrait de son côté, puis il attendit l'événement. L'événement fut horrible.

Personne n'ignore que le régiment des gardes suisses avait admirablement défendu la royauté à la fatale journée du 10 août. S'il eût été soutenu par la gendarmerie, qui déserta son poste, si Louis XVI, le seul roi de sa race pour qui l'épée s'était trouvée trop lourde, n'avait pas sitôt désespéré de la fortune de la France, il est probable que la vague démagogique serait venue se briser, impuissante et domptée, contre la fidélité à toute épreuve de ces enfants des montagnes, contre leur courage de granit. La révolution ne leur pardonnera jamais la peur qu'elle en avait eue, et la seule qualité de soldat suisse devient un titre de proscription et de mort.

Trente-huit de ces malheureux étaient détenus à l'Abbaye. A peine eut-on organisé la parodie de tribunal dont nous avons parlé au commencement de ce chapitre, qu'une voix s'écria parmi la foule : *Il y a des Suisses dans la prison, ne perdez pas de temps à les interroger, ils sont tous coupables, il ne doit pas en échapper un seul.* Cette proposition fut appuyée avec des transports frénétiques, et le tribunal prononça immédiatement sa terrible sentence : *A la Force !* c'est-à-dire *A la mort !*

Les Suisses étaient réunis dans le cloître[1]. Le président Maillard alla leur signifier cet arrêt. *Vous avez,* leur dit-il, *assassiné le peuple au 10 août, le peuple demande vengeance... Il faut aller à la Force.* L'annonce d'une mort sans gloire et sans combat ébranle un moment le courage de ces infortunés, qui seraient morts en héros sur un champ de bataille. Grâce ! grâce ! s'écrient-ils. *Il ne s'agit,* répond flegmatiquement

---

1. C'est aux prêtres détenus à l'Abbaye et non aux Suisses que le cloître servait de prison.

Lorsque le château des Tuileries fut tombé, le 10 août, au pouvoir de ces chiens enragés qu'on appelait le peuple, mais qui, Dieu merci, n'étaient pas le peuple, dix-sept Suisses, découverts dans la sacristie de la chapelle, furent rôtis à un grand feu de cuisine, et en partie dévorés par les assassins. On connaît le nom d'un de ces monstres qui avait déjà mâché le cœur d'un soldat suisse, et qui mangea le foie d'une des nouvelles victimes. Un autre dont le nom est également connu, celui-là était membre de la Commune, plongea un cœur dans de l'eau-de-vie brûlée et le mangea. On a aussi conservé le nom d'un comédien qui but un verre de sang. Il n'y a pas d'horreurs, disait quelques semaines plus tard le député Cambon, il n'y a pas d'horreurs dont le Corps législatif n'ait été témoin.

l'ex-huissier Maillard, *il ne s'agit que de vous
transférer à la Force, peut-être ensuite vous fera-
t-on grâce.* Mais les horribles clameurs de la multitude parvenaient jusqu'à eux; c'était comme
un avant-goût du supplice. *Eh ! Monsieur,* répon-
dirent-ils à Maillard, *pourquoi nous trompez-vous ?
Nous savons trop bien que nous ne sortirons d'ici
que pour aller à la mort.* Les assassins qui attendent dans la cour s'impatientent de ce délai;
deux égorgeurs sont envoyés dans le cloître pour
accélérer le départ des victimes. *Allons ! allons !
décidez-vous, marchons !* Les gémissements, les
cris de rage, que cet arrêt sans appel et sans
merci arrache à quelques-uns de ces infortunés,
la froide et sombre résignation de quelques autres, le désespoir empreint sur toutes les figures,
les pleurs qui coulent silencieusement, les sanglots qui éclatent, les regards suppliants qui se
tournent vers le ciel et qui prient; tout cela
forme un spectacle déchirant qui réveillerait la
pitié dans les âmes les plus féroces, mais qui ne
peut rien sur ces cœurs de tigre. Tous ces malheureux se pressent en arrière, se cachent, s'en-
foncent dans la partie la plus reculée de leur
prison ; ils se cramponnent, se serrent les uns
contre les autres, s'embrassent, se recomman-

dent à Dieu et frissonnent d'épouvante à l'aspect de l'inévitable mort qui les attend. La terreur, néanmoins, ne glace pas longtemps et sans exception tous les courages. Soudain un garde suisse se présente avec l'intrépidité d'un soldat et le calme apparent d'une violente émotion concentrée. Il avait une redingote bleue, paraissait âgé d'environ trente ans ; sa taille était au-dessus de l'ordinaire, sa physionomie noble, son air martial. *Je passe le premier,* dit-il d'un ton ferme, *je vais donner l'exemple... Adieu !* La porte s'ouvre : un cercle de furieux, armés de sabres, de piques et de haches, se forme autour de la victime ; celle-ci fait deux pas en arrière, se croise les bras sur la poitrine, jette un regard de dédain sur la foule, s'avance tranquillement et tombe percé de mille coups. Aux derniers soupirs du soldat suisse répondent les cris affreux de ses infortunés camarades restés dans l'intérieur de la prison. Plusieurs cherchent à se cacher sous des tas de paille qui se trouvaient dans le cloître ; mais douze massacreurs arrivent, les saisissent, les frappent, les entraînent ; on les égorge tous l'un après l'autre. Un seul garde suisse put échapper à cette boucherie. Un autre, au moment où on le jetait hors de la porte du guichet pour le livrer à la rage des bourreaux, parvint à s'emparer d'une baïonnette qu'il enfonça dans la poitrine d'un des brigands.

Il fallut un peu de temps à l'abbé Claude pour revenir de la consternation que lui avait causée cette scène et pour recouvrer sa présence d'esprit habituelle. Il pénétra dans le cloître, complétement désert depuis l'assassinat des Suisses, mais à son grand désappointement il en trouva fermées toutes les issues. Il ne lui restait plus d'autre parti à prendre que de remonter dans sa chambre, ou de se cacher, soit à l'ombre d'un gros pilier, soit sous un tas de paille, en attendant qu'une occasion favorable se présentât. Son anxiété était profonde; car, s'il remontait dans sa chambre, il ne pouvait manquer d'être égorgé à son tour, comme tous les autres prisonniers ; et s'il était rencontré cherchant à se cacher ou à fuir, cette tentative inutile ne ferait indubitablement que hâter le moment de sa mort. Il était probable, d'ailleurs, qu'on ne tarderait pas à s'apercevoir de son absence, et qu'il lui serait impossible d'échapper longtemps aux recherches qu'on ne manquerait pas de faire dans toutes les parties de la prison. Il délibérait encore avec lui-même, sans s'être arrêté à aucune détermination, lorsqu'un des guichetiers entra dans le cloître, et fut aussi alarmé que surpris d'y rencontrer, complétement libre de ses actions, en apparence, précisément celui des prisonniers que des notes venues de la Commune signalaient comme l'agent le plus adroit et le plus à craindre de la conspiration des prisons. L'abbé Claude n'eut garde de lui communiquer son projet d'évasion; il lui dit seulement qu'ayant trouvé la porte de sa chambre ouverte, il avait profité de cette circonstance pour descendre l'escalier et s'introduire dans le cloître, et qu'il n'était pas encore bien remis de l'horrible spectacle dont il venait d'être l'involontaire témoin. Soupçonneux comme le sont par état tous les fonctionnaires de cet ordre, le guichetier se garda bien d'ajouter la moindre foi à ce récit; et n'osant pas prendre sur lui de réintégrer son prisonnier dans une chambre qui avait cessé de lui paraître sûre, il l'enferma dans une ancienne chapelle transformée en prison et occupée déjà par une vingtaine de personnes.

Tous les bruits du massacre parvenaient distinctement dans cette grande salle par une petite tourelle dont les fenêtres donnaient sur la cour et sur la rue.

« Il est de toute impossibilité, dit un témoin
« oculaire, d'exprimer l'horreur du profond et
« sombre silence qui régnait pendant les exécu-
« tions ; il n'était interrompu que par les cris de
« ceux qu'on immolait et par les coups de sabre
« qu'on leur donnait sur la tête. Aussitôt qu'ils
« étaient terrassés, il s'élevait un murmure ren-
« forcé par des cris de *Vive la Nation !* mille
« fois plus effrayants pour nous que l'horreur
« du silence... Notre occupation la plus impor-
« tante était de savoir quelle serait la position
« que nous devions prendre pour recevoir la mort
« le moins douloureusement quand nous entre-
« rions dans le lieu du massacre. Nous envoyions
« de temps à autre quelques-uns de nos cama-
« rades à la fenêtre de la tourelle pour nous
« instruire de celle que prenaient les malheu-
« reux qu'on immolait, et pour calculer, d'après
« leur rapport, celle que nous ferions bien de
« prendre. Ils nous rapportaient que ceux qui
« étendaient leurs mains souffraient beaucoup
« plus longtemps, parce que les coups de sabre
« étaient amortis avant de porter sur la tête;
« qu'il y en avait même dont les mains et les
« bras tombaient avant le corps; et que ceux
« qui les plaçaient derrière le dos devaient souf-

« frir beaucoup {moins. Eh bien ! c'était sur ces
« horribles détails que nous délibérions ; nous
« calculions les avantages de cette dernière po-
« sition, et nous nous conseillions réciproque-
« ment de la prendre quand notre tour d'être
« massacré serait venu. »

Complétement résigné à la mort qui lui paraissait inévitable, l'abbé Claude s'estima heureux
de pouvoir consacrer les derniers moments de
sa vie à l'exercice de son saint ministère. Il
exhorta ses compagnons d'infortune à tourner
toutes leurs pensées vers un monde meilleur, et
à franchir, comme de véritables chrétiens, cette
barrière sanglante qui seule les séparait encore
de l'éternité. Il achevait à peine, lorsque l'abbé
Lenfant, confesseur de Louis XVI, et l'abbé de
Chapt-Rastignac parurent dans la tribune de
cette ancienne chapelle. Ils y étaient entrés par
une porte qui s'ouvrait sur l'escalier. Ils annoncèrent aux prisonniers qu'il fallait se préparer
à une mort prochaine, et les invitèrent à se recueillir pour recevoir leur bénédiction. Un mouvement électrique précipita tout le monde à genoux, de ferventes prières s'élevèrent alors vers
le ciel. Elles ne furent interrompues que par les
derniers soupirs de ces deux prêtres que l'on

massacrait dans la cour une demi-heure après.

Le seul officier suisse qui se trouvait à l'Abbaye dans ces journées de meurtre (tous les autres avaient été transférés à la Conciergerie) était un capitaine nommé Reding. Blessé à l'attaque du château des Tuileries de quatre coups de sabre à la tête et d'un coup de fusil qui lui avait cassé un bras, il était couché sur un lit de sangle dans une petite sacristie attenante à la chapelle. Le massacre des prisonniers détenus dans cette pièce commença par l'infortuné capitaine. Deux hommes, dont les mains ensanglantées étaient armées de sabres, vinrent le prendre vers sept heures du soir. Ils étaient précédés par un guichetier qui portait une torche et qui leur indiqua le lit du malheureux qu'ils cherchaient. Reding souffrait horriblement de ses blessures ; aussi murmura-t-il d'une voix mourante dès qu'il s'aperçut qu'on se disposait à l'enlever : *Eh ! Monsieur, j'ai assez souffert, je ne crains pas la mort; par grâce, donnez-la-moi ici.* Un de ces hommes resta un moment immobile, comme surpris d'un mouvement de pitié ; l'autre le décida en lui disant : *Allons donc !* Les deux bourreaux chargèrent le malheureux sur leurs épaules et se mirent en marche. Dès les premiers pas, la douleur ar-

racha des c'z s déchirants à la victime; ils n'é-
taient pas encore sortis de la chapelle, lorsqu'un
troisième bourreau qui suivait, importuné de
ce bruit, lui coupa la gorge avec son sabre, sur
les épaules des deux hommes et sous les yeux
mêmes des autres prisonniers.

L'abbé Claude voulut continuer à ces malheureux les consolations et les secours spirituels
dont ils avaient un si urgent besoin dans ces
moments terribles; mais il s'aperçut avec effroi que l'épouvante avait rendu presque complétement fous quelques-uns de ses compagnons
d'infortune. Plusieurs se tuèrent. Un, entre
autres, se brisa le crâne contre la serrure de la
porte. Un jeune officier se mutila horriblement,
mais sans obtenir le résultat qu'il cherchait;
parce que la lame du couteau dont il s'était servi,
étant arrondie par le bout, ne put pénétrer assez
profondément pour lui faire une blessure mortelle; cette tentative avortée ne servit qu'à hâter
le moment de son supplice. Un autre chercha
un refuge dans la cheminée de la sacristie, où
il fut arrêté par une grille de fer qu'il essaya de
briser à coups de tête; lorsque, après bien des
difficultés, il se décida à descendre, sa raison
avait totalement disparu. Des faits analogues

se passaient dans toutes les autres parties de la
prison. Sans parler des prêtres, qui tous moururent en martyrs, quelques prisonniers se ré-
signèrent et moururent en vrais héros chrétiens.
D'autres, au contraire, hurlaient de désespoir
et d'épouvante, se frappant la tête contre les murailles, maudissant et défiant leurs bourreaux.

Et certainement, il y avait de quoi ébranler
le plus robuste courage, de quoi faire chanceler
la plus solide raison. Les scènes de carnage
que nous avons esquissées dans le chapitre précédent se renouvelaient ici, mais avec des détails plus atroces encore, s'il est possible. Nous
en décrirons quelques-uns.

La cour de l'Abbaye était encombrée de cadavres et ruisselait de sang. Elle ressemblait,
dit un témoin oculaire, au sol fumant encore où
l'on vient d'égorger plusieurs bœufs à la fois.
On fut obligé de suspendre le massacre pour la
déblayer et la laver. Cette dernière opération,
surtout, ne s'effectua qu'avec une peine extrême. Lorsqu'elle fut terminée, quelqu'un proposa, afin de n'avoir plus à y revenir, de couvrir
toute la cour d'une épaisse couche de paille,
sur laquelle on étendrait, pour l'exhausser encore davantage, les habillements des victimes.

Les prisonniers, en assez grand nombre, qui restaient à tuer, seraient égorgés sur cette sorte de lit, qui se transformerait bientôt en une espèce de sanglant fumier; et le sang absorbé ne ruissellerait plus dans la cour. L'avis fut adopté[1]. Un des bourreaux fit observer alors que ces *coquins d'aristocrates* mouraient trop vite, et que tout le monde n'avait pas le plaisir de les frapper. Il fut donc convenu qu'on ne les frapperait plus qu'à coups de plat de sabre, et que pour les achever, on les ferait courir ensuite entre deux haies d'égorgeurs. On arrêta aussi que, le public devant être placé commodément pour assister à ce spectacle, il y aurait autour de la cour des bancs pour les *dames* et des bancs pour les *messieurs*. On imagine facilement quelles espèces de femmes c'étaient. Sur leur réclamation, on plaça pendant la nuit un lampion allumé auprès de la tête de chaque cadavre. A la lueur de cette abominable illumination, *ces dames* purent contempler tout à leur aise les aristocrates égorgés.

Pendant qu'une partie des massacreurs en-

---

1. Les bons de paille existent encore; ils s'élèvent ensemble à quarante-cinq bottes.

tassait cadavres sur cadavres, une autre partie se répandait dans la ville et amenait successivement à l'Abbaye un certain nombre de prêtres que les scélérats venaient dénoncer à chaque instant. A chacun de ces prêtres on proposait la terrible alternative du serment schismatique ou de la mort. Nous n'avons pas trouvé un seul apostat dans cette armée de Martyrs. « Donnez-« nous le temps de nous préparer à la mort, ré-« pondirent deux nouvelles victimes, permettez-« nous de nous confesser entre nous : voilà la « seule grâce que nous vous demandons. Nous « sommes aussi soumis que vous à toutes vos « lois civiles ; nous serions de bien mauvais « chrétiens si nous n'étions pas de bons ci-« toyens. Mais le serment que vous nous pro-« posez n'est pas seulement un serment civil, « c'est un renoncement à des articles essentiels « de notre croyance religieuse ; nous préférons « la mort au crime dont nous nous rendrions « coupables en le prêtant. »

Un vieillard, aussi vénérable par son instruction profonde que par sa grande piété, M. Marc Louis Royer, curé de Saint-Jean-en-Grève, refusa aussi le serment et fut immolé à son tour dans la cour de l'Abbaye. Il demanda pour

13

grâce unique, et il l'obtint, qu'en considération de sa faiblesse et de son grand âge, on voulût bien lui donner la mort la plus prompte. Pendant qu'on se disposait à lui couper la tête, il adressa aux égorgeurs ces touchantes paroles : « De quoi « allez-vous me punir, mes enfants? Que vous « ai-je fait, qu'ai-je fait à la patrie dont vous « vous croyez les vengeurs? Le serment que je « n'ai pu faire n'eût rien coûté à ma conscience, « et je le ferais à l'instant même, si, comme « vous le croyez, il était purement civil; je « suis aussi soumis que vous aux lois dont vous « vous croyez les ministres. Qu'on me laisse ex- « cepter de ce serment que vous me proposez « tout ce qui regarde la religion, et je le ferai « de grand cœur et personne n'y sera plus « fidèle. »

Cette naïve allocution, le ton dont elle était prononcée, l'âge du saint prêtre, auraient ému des hommes; les tueurs n'en furent pas ébran- lés. Le plus féroce parmi les bourreaux saisit le vieillard aux cheveux, le renverse sur une borne, et lui fend la tête d'un coup de sabre; cette tête si respectable est aussitôt séparée du tronc.

A d'autres prêtres on se contentait de deman

der s'ils avaient prêté le serment civique. Aucun ne s'était rendu coupable de cette apostasie; tous pouvaient se sauver par un mensonge, tous moururent. A chaque nouveau meurtre, les spectateurs vociféraient et applaudissaient, exécutant avec les bourreaux des danses de cannibales autour de la victime affreusement mutilée; et pour que ce spectacle horrible pût atteindre jusqu'à l'idéal de l'horreur, des tables couvertes de bouteilles de vin se dressaient au milieu des cadavres, et les verres dégouttaient du sang dont étaient fumantes sans cesse les mains des monstres qui buvaient.

Bien des traits d'héroïsme s'accomplirent dans ces fatales journées. L'histoire a conservé le souvenir du dévouement sublime de Mlle Cazotte et de Mlle de Sombreuil. Chacune de ces filles héroïques disputa la vie de son vieux père à la rage de cette horde d'assassins. Dieu voulut récompenser leur piété filiale; pâles, échevelées, les mains jointes, et les pieds dans le sang, elles étaient si fortes de leur courage, de leur désespoir et de leurs larmes, qu'elles accomplirent un véritable prodige; un cri de grâce se fit entendre, les deux vieillards furent sauvés. Les meurtriers présentèrent à Mlle de Sombreuil un verre de sang, d'autres disent un verre rempli de vin et teint de sang parce que les doigts de ces hommes l'avaient touché ; il fallait le boire, elle le but ; la vie de son père était à ce prix.

Cependant, la prison de l'abbé Claude s'était vidée peu à peu. Il n'y restait plus que le prêtre et un jeune homme du nom de Maussabré, qui avait été aide de camp de M. de Brissac, et qui n'était détenu que pour cela. Ce Maussabré était le prisonnier dont nous avons déjà parlé qui avait tenté de briser avec sa tête la grille d'une cheminée par laquelle il essayait de s'enfuir. Sa raison n'avait pu supporter le poids de son infortune et de son agonie de plusieurs jours. Aussi à peine entendit-il le bruit des verrous grinçant derrière la porte et annonçant qu'on venait chercher une nouvelle victime, qu'égaré par une sorte de délire fiévreux, incapable de réflexion, il s'élança une fois encore dans la cheminée de la sacristie, où il se cramponna à la grille avec toute la force et toute l'obstination du désespoir. C'était précisément lui qu'on demandait. L'abbé Claude ne voulant ni mentir ni trahir son compagnon d'infortune ne répondit à aucune des questions qu'on ne

manqua pas de lui adresser. L'attention des
bourreaux fut enfin attirée vers la tribune par
laquelle ils pensèrent que le prisonnier avait pu
s'échapper. On se hâta d'envoyer chercher une
échelle ; mais on ne l'eut pas plutôt dressée
contre le mur, que des menaces, des cris et
des imprécations partant de la sacristie annoncèrent que l'asile du pauvre Maussabré était
découvert. Tous les égorgeurs y coururent ; plusieurs coups de fusil furent tirés sur le fugitif
qui refusait de descendre ; mais aucun ne l'atteignit, assez grièvement, du moins, pour le
faire tomber. Alors on alluma de la paille dans
la cheminée ; le malheureux, suffoqué par la fumée, tomba dans la flamme. On l'en tira, blessé,
brûlé, à moitié mort. Les assassins le portèrent
dans la rue, où il demeura près d'un quart
d'heure, couché dans le sang, au milieu des cadavres, jusqu'à ce qu'on vint lui arracher la vie
de cinq coups de pistolet à bout portant.

Les bourreaux étaient trop acharnés sur cette
proie qu'ils avaient craint de perdre, pour
faire attention à autre chose. Ils refermèrent
la porte sur le seul prisonnier qui restait encore
dans la salle, mais ils oublièrent de retirer
l'échelle dont il a déjà été question. Ce fut un

trait de lumière pour le prêtre ; il monta rapidement cette échelle, parvint dans la tribune dont
la porte était ouverte, puis, à l'extrémité d'un
long córridor, il trouva un étroit escalier qu'il
descendit avec précaution et qui allait aboutir il
ne savait où.

A moitié chemin, à peu près, il aperçut une
petite lucarne ; et cherchant à s'orienter, car il
marchait au hasard dans les ténèbres, et dans
l'ignorance complète où il était des lieux, il y
jeta un coup d'œil. Par cette lucarne la vue
pouvait plonger dans le guichet où tenait ses
séances l'horrible parodie de tribunal dont nous
avons parlé au commencement de ce chapitre.
Il faisait nuit, cette pièce était éclairée par deux
torches. Le président, en habit gris et un sabre
au côté, s'appuyait, debout, contre une table
chargée de papiers, d'une écritoire, de pipes et
de bouteilles. Une dizaine de personnes entou-
raient cette table ; c'étaient les juges sans doute.
Deux étaient en veste et en tablier de travail ;
quelques-uns dormaient, étendus sur des bancs.
Deux hommes en chemise, les manches retrous-
sées, les bras teints de sang, montaient la
garde, le sabre à la main, à la porte du guichet.
Trois autres tenaient fortement par le collet et

par les bras un prisonnier de soixante ans environ, que l'on interrogeait en ce moment. De
temps à autre quelques tueurs du dehors péné-
traient dans le guichet, et y causaient beaucoup
de fermentation ; tandis qu'un grand nombre de
leurs camarades se groupaient, se pressaient
contre les barreaux de la fenêtre, et ressemblaient à des bêtes féroces attendant impatiem-
ment dans leur cage qu'on leur jette une proie à
déchirer.

La prudence ne permettait pas à l'abbé Claude
de s'arrêter longtemps à cet endroit. Il continua
donc sa route, acheva de descendre l'escalier,
traversa plusieurs pièces inoccupées, et enfin,
après mille dangers évités comme par miracle,
il arriva dans une petite cour intérieure qu'il
trouva entièrement déserte. Son embarras n'en
était pas moins grand pour cela ; car toutes les
issues de cette cour étaient fermées, excepté
celle qui lui avait donné passage. Quoique peu
élevés, les murs de clôture l'étaient assez pour
que l'escalade en fût complétement impossible ;
à la réserve d'un seul endroit, où l'on pouvait
s'aider d'un grand arbre. Une des portes laté-
rales de l'église donnait dans cette cour ; mais
elle était fermée, et il est fort douteux, d'ail-

leurs, qu'on eût pu se sauver par cette voie.

La première pensée de l'abbé Claude fut de monter sur l'arbre dont nous venons de parler, et d'examiner avec précaution s'il pouvait s'aventurer à sauter de l'autre côté du mur. Pendant qu'il exécutait cette résolution, la porte latérale de l'église s'ouvrit, et plusieurs personnes en sortirent, éclairées par des torches, car la nuit, ainsi que nous l'avons déjà remarqué, était venue depuis longtemps. Le ciel, chargé de nuages, était tout noir. Cette dernière circonstance, qui paraissait devoir être favorable au fugitif, lui devint fatale, au contraire, car elle l'empêcha de reconnaître les membres d'une assemblée de section qui tenaient leurs séances dans l'église, et qui en sortaient précisément alors.

Persuadé que son évasion était découverte, et qu'on le poursuivait, l'abbé Claude grimpa rapidement sur son arbre ; et à l'aide de quelques branches, il se laissa moitié glisser, moitié tomber, du côté opposé de la muraille.

Mais quelles ne furent pas sa consternation et son épouvante, lorsqu'il s'aperçut qu'il venait de prendre terre sur le théâtre même du carnage, dans cette cour maudite toute ruisselante de sang !

Heureusement pour le prêtre que la nuit était sombre, et que sa chute avait été masquée par une voiture chargée de cadavres, laquelle stationnait contre le mur. L'attention des massacreurs était concentrée tout entière sur une nouvelle victime qu'on venait de leur amener, et dont les cris déchirants ne tardèrent pas à retentir; le nombre des spectateurs avait considérablement diminué, vu l'heure avancée de la nuit; et la lueur des torches n'était pas suffisante pour éclairer cette vaste enceinte dans toute son étendue.

Cependant, l'émotion de l'abbé Claude fut si grande, lorsqu'il se trouva tout à coup transporté au milieu de cette bande d'assassins, les vapeurs du sang l'affectèrent d'une manière si pénible, qu'il tomba complétement évanoui entre les cadavres sur la paille sanglante dont une grande partie de la cour était jonchée.

CHAPITRE X.

LA CHARRETÉE DE CADAVRES.

Nous avons laissé Julien dans la cour de la prison de la Force, entre la liberté, dont il n'était séparé que par la porte de la rue, et le danger presque inévitable d'être reconnu, et par conséquent massacré. Revenir sur ses pas et rentrer dans l'intérieur de la prison, c'était s'exposer à une mort certaine; gagner la rue était impossible, puisque la porte en était fermée et qu'il ne pouvait demander qu'on la lui ouvrit. Quelque périlleuse que fût sa position, elle l'aurait été bien davantage encore, si, comme nous l'avons déjà remarqué, une nouvelle victime, c'était la princesse de Lamballe, n'avait pas été entraînée dans la cour au moment où lui-même y arrivait [1].

1. La princesse de Lamballe fut massacrée le 3 septembre, entre 7 et 8 heures du matin.

Plusieurs voix s'élevèrent du milieu des spectateurs, et demandèrent grâce pour Mme de Lamballe; ce fut en vain : les égorgeurs se ruèrent sur cette jeune victime. Elle venait à peine de franchir le funeste guichet, lorsqu'elle reçut derrière la tête un coup de sabre qui fit jaillir le sang. Elle ne tomba pas, néanmoins, parce que deux hommes la tenaient fortement sous les bras, et l'obligeaient à marcher, ou plutôt la portaient entre deux haies d'assassins. Elle s'évanouissait à chaque instant; lorsque enfin elle fut tellement affaiblie qu'on craignit de la voir mourir d'elle-même et sans nouvelles blessures, on la jeta sur un monceau de cadavres où on l'acheva à coups de piques.

Tout ce que la férocité peut imaginer de plus horrible fut exercé sur le corps inanimé de cette malheureuse femme : on lui fendit la poitrine, on lui arracha le cœur, on lui coupa une jambe dont on chargea une pièce de canon ; des tigres, car ces êtres-là n'étaient pas des hommes, dévorèrent des lambeaux de sa chair ; et sa tête, séparée du tronc, fut placée au bout d'une pique, pour être promenée dans Paris.

Alors se forma un monstrueux cortége : cette tête sanglante, remarquable encore par une

beauté que la mort n'a pu entièrement flétrir et
par sa magnifique chevelure, ouvre la marche ;
le corps est traîné dans les ruisseaux par un crampon de fer ; un rassemblement d'égorgeurs se
groupe autour de cet épouvantable trophée ; ils
sont là, l'œil en feu, la poitrine débraillée, les
bras nus et ensanglantés jusqu'aux coudes ; hurlant et vociférant des cris de cannibales, d'atroces
railleries ; tandis que des enfants déguenillés, des
fémmes en haillons, les femelles et les petits de
ces bêtes féroces, grouillent au milieu des cadavres, échangent d'ignobles plaisanteries, sautent,
dansent, glissent et pataugent dans le sang. Le
hideux cortége se met en marche, précédé d'un
homme qui souffle dans un fifre, et d'un tambour
dont les roulements sinistres dominent les clameurs de la foule et appellent aux fenêtres la population épouvantée.

Quelques jours auparavant, lorsque le bruit
d'un massacre général dans les prisons commençait déjà à se répandre, le duc de Penthièvre,
beau-père de Mme de Lamballe, avait écrit le bil-
let suivant à l'un des administrateurs de ses do-
maines : *Je vous prie, mon cher D..., s'il arrive
malheur à ma belle-fille, de faire suivre son corps
partout où il sera porté ; et de le faire enterrer au*

plus prochain cimetière, jusqu'à ce qu'on puisse le faire transporter à Dreux. En conséquence de cet ordre, plusieurs hommes appartenant au duc se mêlèrent au cortége; et, surmontant l'horreur que ces misérables leur inspiraient, ils les suivirent pour tâcher de leur enlever les restes de l'infortunée princesse.

A quelque distance de la prison, les assassins envahirent la boutique d'un perruquier qu'ils forcèrent à boucler et à friser cette tête qui saignait encore. Le malheureux procéda à cette toilette de la mort, suant d'angoisse, frissonnant de terreur, et les regards effarés. Puis, lorsqu'elle fut terminée, il ne bougea pas de sa place, il ne prononça pas une parole; ses yeux, qui regardaient sans voir, restèrent fixés dans une morne stupeur sur la table où une large tache de sang attestait la réalité de ce qu'on aurait pu prendre pour un rêve. Il se débattit huit jours entiers contre ce spectre, après quoi il mourut; la fatale apparition l'avait tué.

Le cortége se remit en marche. Il se dirigea d'abord vers l'abbaye de Saint-Antoine, où Mᵐᵉ de Lamballe avait demeuré quelque temps. La tête sanglante fut présentée à l'ancienne abbesse de cette maison, Mᵐᵉ de Beauvau, amie

particulière de cette princesse. De là, elle fut
portée au Temple, où ces monstres s'opiniâtrè-
rent longtemps à la faire passer sous les yeux de
la Reine, qu'un long évanouissement préserva
de cet épouvantable spectacle. Ils se rendirent
ensuite au Palais-Royal, à l'hôtel de Toulouse,
dernière résidence de Mme de Lamballe; aux
Tuileries, où on ne les laissa pas pénétrer. Puis,
après avoir jeté le corps sur un monceau de cadavres, à quelques pas du Châtelet, ils rappor-
tèrent à la Force la tête que sa belle chevelure
ornait encore. Au moment où l'homme qui la
portait dut incliner sa pique pour passer sous la
porte de la prison, un perruquier qui guettait
sa proie au passage fondit sur elle, et avec une
rapidité inconcevable, coupa et emporta en un
clin d'œil toutes les longues tresses de ses blonds
cheveux.

Alors seulement les fidèles serviteurs du duc
de Penthièvre purent s'emparer de cette tête,
après avoir enivré dans un cabaret l'homme qui
s'obstinait à la promener au bout d'une pique.
Quant au corps, toutes les recherches furent inutiles, on ne le retrouva jamais.

Julien était sorti de la Force avec ce hideux
cortège, mais il lui fut plus difficile de s'en sé-

parer qu'il ne l'avait pensé d'abord. En effet,
son écharpe tricolore ayant attiré l'attention des
émissaires du duc de Penthièvre, ils crurent
trouver sur la physionomie de ce jeune homme
l'indice de sentiments d'humanité qu'ils avaient
cherché vainement sur toutes les autres figures.
Ils s'attachèrent donc à lui, et dans la prévision de
certaines circonstances où son'intervention pourrait leur être utile, ils ne le perdirent plus de vue.

Dès qu'il fut libre, Julien se hâta de courir à
l'Abbaye. Le carnage était terminé dans cette
prison ; un grand nombre de cadavres gisaient
encore sur la paille sanglante de la cour, mais
on s'occupait à les charger sur des charrettes
pour les transporter au lieu de leur destination.
Aucun cimetière, dans une ville de près d'un mil-
lion d'habitants, ne s'était trouvé assez grand
pour cet incalculable massacre [1]. On se décida

---

1. C'est du moins ce que permettent de supposer quelques articles de l'état des sommes payées par le trésorier
de la Commune de Paris.

Un mandat, entre autres, car nous ne les citons pas
tous, est consacré à acquitter des frais de voiture occa-
sionnés par l'inhumation des cadavres transportés des
différentes prisons aux cimetières de Clamart, Vaugirard
et Montrouge.

Le mandat suivant atteste que des commissaires furent

donc à inhumer les corps des victimes dans les
vastes carrières qui s'étendent sous les faubourgs
Saint-Germain et Saint-Jacques. Ces carrières,
connues sous le nom de catacombes depuis qu'on
avait commencé en 1785 ou 1786 à vider l'antique cimetière des Innocents, avaient leur principale entrée dans une maison appelée la Tombé-
Isoire, du nom d'un fameux brigand tué, disait-on,
et enterré en ce lieu. Les cadavres de septembre
furent transportés dans ces immenses souterrains
et enfouis sous des lits de chaux pour prévenir
les effets de la putréfaction. Ce n'était pas, du
reste, la première fois, dans ces jours de désorganisation sociale, que les excavations des environs de Paris servaient de lieu de sépulture. Des

nommés à l'effet de se transporter aux différents cimetières pour y prendre toutes les précautions tendantes à
la consommation des cadavres apportés des prisons, et
notamment pour y faire porter la chaux nécessaire à cette
consommation.

Un autre mandat solde le prix de vingt-un tombereaux
de chaux ayant servi à l'inhumation des cadavres apportés
aux cimetières de Clamart et de Vaugirard,

Les dépenses des inhumations à la carrière de la
Tombe-Isoire furent acquittées le 11 octobre. Ces dépenses
avaient été réglées par une ordonnance du 1er de ce mois,
signée Fa..., Ja... et Le...., au profit de Char...., entre-
preneur des carrières.

mémoires contemporains parlent d'une section dans laquelle toutes les personnes qui mouraient avaient la certitude d'être précipitées, au bout d'un certain délai probablement, dans une carrière, où les débris humains se trouvaient entassés pêle-mêle avec des restes d'animaux que la voirie municipale y faisait habituellement jeter. La Révolution avait perdu le respect de la mort comme tous les autres respects. Longtemps après, lorsque la postérité eut commencé pour les bourreaux et pour les victimes, un des vicaires de Saint-Jacques-du-Haut-Pas, M. Hezette, composa pour les victimes de septembre l'épitaphe suivante, qui fut gravée sur une table de marbre :

D. O. M.

Piis manibus civium

Diebus II ac III septembris

MDCCXCII

Lutetiæ trucidatorum.

Hic palmam expectant cives, virtutis amore
Conspicui : cives patriæ, legumque Deique,
Cultores, diris heu! tempestatibus acti,
Immoti tamen, ut scopuli, rectique tenaces,
Infrenæ plebis deliramenta perosi.

Hos, dum crudelis discordia sceptra tenebat,
Hortatrix, scelerum, contemptaque jura jacebant,
Sæva cæde, cohors furiis incensa peremit.
Siste gradum, inque pios fletus erumpe, viator,
Castas funde preces, et candida lilia sparge.
Det illis Dominus invenire misericordiam a Domino illa die[1].

(Paul, II, ad Timoth. I, 18).

La tranquillité qui régnait dans cette funeste cour de l'Abbaye, où le sang humain venait d'être répandu comme de l'eau, mit le comble à l'inquiétude de Julien. Il n'était pas probable, en effet, que les massacreurs eussent déserté leur

1. A Dieu très-bon et très-grand. Aux mânes vénérés des citoyens massacrés à Paris, le 2 et le 3 septembre 1792. Ici attendent le jour du triomphe des citoyens remarquables par leur amour de la vertu; des citoyens qui ont constamment respecté les lois de Dieu et de la patrie; qui n'ont jamais pactisé avec les égarements d'une populace sans frein, et qui, battus rudement par la tempête, demeurèrent toujours, cependant, fermes comme des rochers et inébranlablement attachés à la justice. Ils furent cruellement massacrés par une horde furieuse dans ces jours de funeste mémoire où la discorde, conseillère de tous les crimes, régnait, et où tous les droits étaient foulés aux pieds. Arrête-toi, ô passant, verse de pieuses larmes, prie, et jette sur cette tombe des lis d'une blancheur immaculée.

Que le Seigneur leur fasse la grâce de trouver miséricorde devant lui en ce jour.

poste tant qu'il y avait eu des prisonniers à
égorger. Il connaissait trop bien ces féroces ouvriers de la mort, pour croire qu'ils s'étaient retirés sans compléter leur infernale besogne;
repu ou non, le tigre ne lâche point sa proie
aussi longtemps qu'un lambeau de chair tient
encore sur les os. Le jeune homme marchait
lentement au milieu des cadavres, cherchant à
reconnaître celui de son oncle, autant, du moins,
que pouvait le lui permettre la lueur des torch s
qui traversaient la cour à chaque instant. Cette
recherche était trop difficile et trop dangereuse
pour que Julien, quoiqu'il s'y livrât avec une
persévérance et un courage inimaginables, eût
pu se flatter de la voir couronner de succès, s'il
n'avait pas compté un peu sur le flair et l'intelligence de son chien. Sa confiance dans ce noble
animal ne fut pas trompée, et il finit par découvrir, non pas, comme il s'y attendait, le corps
mutilé de son oncle, mais son oncle lui-même,
qui n'était pas encore revenu de son évanouissement. Immobile, à moitié enseveli sous un monceau de débris humains, couvert du sang qui en
découlait par mille blessures, l'abbé Claude avait
échappé jusque-là à toutes les recherches, peut-
être même avait-il été compris au nombre des

morts. Quelques minutes d'observation suffirent
pour convaincre Julien que la vie ne s'était pas
retirée de ce prétendu cadavre; mais, abusé par
les apparences, il supposa que les meurtriers n'a-
vaient abandonné cette victime qu'après l'avoir
criblée d'assez de coups pour être bien persuadés
qu'elle était morte, ou que, du moins, elle n'en
reviendrait pas. Tandis qu'il était occupé à chercher sous les vêtements de son oncle les blessures qu'il ne devait pas y trouver, il aperçut à
une très-faible distance un homme qu'il reconnut
avec autant de consternation que d'étonnement
pour le citoyen Scævola. Scævola, ou Jacques,
portait un poignard à la ceinture, une lanterne
allumée à la main gauche, et une écuelle remplie
d'eau à la droite. Il s'accroupissait sur chaque
cadavre, l'examinait attentivement à la lueur de
sa lanterne, et lorsque le sang rendait mécon-
naissables les traits qu'il essayait de reconnaître,
il avait grand soin de les laver et de les essuyer
minutieusement. L'intérêt que cet homme devait
prendre à la mort de l'abbé Claude expliquait
suffisamment cette recherche, à laquelle donnaient quelque chose de réellement infernal les
ténèbres de la nuit, la lumière et la fumée des
torches, le bruit mat des corps que l'on chargeait

sur les charrettes et la vive clarté d'une lanterne
se projetant sur des figures que les dernières
convulsions de l'agonie avaient crispées. Scævola
s'approcha enfin de l'endroit où le prêtre gisait
encore sans connaissance, à demi soutenu dans
les bras de Julien. Le meurtrier eut peine à retenir un cri de joie à l'aspect de ses deux victimes
qu'il avait d'autant plus d'intérêt à rendre éter-
nellement muettes, que toute espérance de recouvrer son fatal portefeuille paraissait pour toujours
évanouie. Il tira son poignard et se précipita sur
Julien avec la rapidité du tigre, mais il ne rencontra que le sabre du jeune homme, dont la
pointe lui traversa le bras. Jacques laissa tomber son arme, et comprenant qu'un de ses ennemis au moins allait lui échapper, il courut dans
l'intérieur de la prison, où il se flattait de rencontrer encore quelques assassins en retard.

Cependant, un des charretiers s'approcha de
l'abbé Claude toujours évanoui, le prit dans ses
bras et le jeta sur la charrette, sans que Julien
osât s'y opposer, ce qui n'aurait servi qu'à augmenter le danger. Quant à lui, son écharpe tricolore expliquait sa présence dans ces lieux, et
le mettait à l'abri de questions auxquelles il aurait été fort embarrassé de répondre. Le char-

gement des cadavres se trouvant complet, la
charrette quitta la cour de l'Abbaye et se dirigea
vers Montrouge, où était située la Tombe-Isoire.
Julien la suivit, espérant qu'une fois parvenu
dans une campagne solitaire, il ne lui serait pas
difficile d'acheter à haut prix, s'il le fallait, la
complicité et le silence du charretier de la mort.

C'était un curieux et fantastique spectacle que
celui que présentait la Tombe-Isoire : des ouvriers s'occupaient à décharger les charrettes; les
corps en tombant sur le sol prenaient quelquefois
des positions étranges, et leurs figures qui gri-
maçaient affreusement sous la lueur tremblotante
des torches semblaient renaître à la vie pour
épouvanter les fossoyeurs et les bourreaux. Ce
n'était qu'avec une difficulté extrême que l'on
venait à bout de déshabiller ces cadavres dont
tous les membres étaient déjà roides. Leurs vêtements ensanglantés et hachés à coups de sabre s'élevaient en monceaux. Les corps étaient
descendus dans la carrière par un puits de service dont la poulie de fer tournait lentement et
grinçait sous une corde trop roidie. Des exhalaisons méphitiques montaient de ce puits au
fond duquel d'autres ouvriers attendaient les cadavres et les transportaient à bras dans de

vastes excavations où on les recouvrait de lits de chaux.

On était en train de décharger la charrette où se trouvait l'abbé Claude. Julien, que diverses circonstances avaient empêché jusque-là d'exécuter son projet de corruption sur le charretier, surveillait cette opération avec une inquiétude dont il est facile de se faire une idée. Dans la prévision d'une lutte qu'il commençait à juger inévitable, il tenait ses armes en état et calculait le nombre de ses adversaires, tandis que Calby, qui avait donné des marques d'une agitation extraordinaire tout le long du chemin, grondait sourdement, flairait tous les cadavres à mesure qu'on les déchargeait, appuyait, en remuant la queue et levant la tête, ses deux énormes pattes sur les roues, et paraissait promettre un puissant auxiliaire à son jeune maître dans les événements qui se préparaient. Tout à coup une espèce de fantôme se dresse de toute sa hauteur sur la charrette, pâle, les cheveux en désordre et tout ruisselants de sang. Julien, qui reconnaît son oncle, s'élance pour le soutenir ou pour le défendre, et se tient debout à ses côtés, le sabre à la main. Calby pousse des hurlements de joie, court, se précipite, bondit et va retomber sur la charrette. Mais, comme il se trouve en avant de l'attelage, il ne peut le faire qu'en sautant à la tête des chevaux qu'il mord jusqu'au sang. Les chevaux, rendus furieux par la douleur, se sauvent épouvantés, entraînant avec eux leur chargement de cadavres ; ils courent à travers champs, et finissent par s'abattre à quelques centaines de pas de la Tombe-Isoire, sous les éclats de leur voiture brisée.

Un certain nombre d'ouvriers, sur qui la nature de leurs occupations avait fait une impression profonde, crurent un moment que les morts revenaient à la vie, et que la colère du ciel se manifestait par ce prodige. La contagion de la terreur se communiqua de proche en proche à la plupart de leurs camarades, et il s'écoula plus d'un quart d'heure avant qu'on pût se mettre à la poursuite de la charrette.

Julien et l'abbé Claude, qui n'avaient pas été blessés dans leur chute, mirent ce retard à profit ; ils se sauvèrent avec une vitesse proportionnée aux forces renaissantes de l'abbé plutôt qu'à leurs inquiétudes, mais cependant suffisante pour leur faire gagner à temps une vieille carrière abandonnée. Les parois de cette carrière se trouvaient dans un tel état de dégradation, qu'elles formaient un talus fort rapide par lequel les fugitifs purent descendre, quoique avec beaucoup de difficulté. Parvenus en bas, ils s'engagèrent dans une galerie assez longue dont les anfractuosités et les détours leur promettaient un abri à peu près sûr contre toutes les recherches dont ils pourraient être l'objet. Ils allaient enfin se livrer à un repos indispensable, lorsqu'ils furent alarmés par un bruit de pas qui venaient du côté opposé et qui se rapprochaient à chaque instant. L'obscurité et le peu de largeur de la galerie rendaient la fuite impossible et une rencontre inévitable. Julien comprit qu'il n'y avait pas à hésiter et qu'il fallait payer d'audace. Qui va là? s'écria-t-il, en tirant ses pistolets de sa ceinture, pour se tenir prêt à tout hasard. Une voix bien connue lui répondit; et qu'on se figure, s'il est possible, son étonnement et celui de l'abbé Claude, c'était celle d'Antoine, leur vieux domestique, dont ils se trouvaient séparés depuis les événements qui commencent notre récit. Le pauvre homme pleurait de bonheur en embrassant ses deux maîtres, qui, de leur côté, ne cherchaient pas à retenir les larmes de joie que faisait couler de leurs yeux cette rencontre inespérée.

Le chien allait et venait de l'un à l'autre, frottait sa bonne et grosse tête contre les jambes de l'ami qu'il venait de retrouver, et ce n'était qu'à grand'peine qu'on pouvait contenir dans de justes limites les témoignages par trop bruyants de son affection. Lorsque ces transports furent un peu calmés, il fallut répondre aux questions que l'on s'adressait de part et d'autre. Julien et l'abbé Claude satisfirent la curiosité si légitime d'Antoine; puis le fidèle domestique, interrogé à son tour, leur fit un long récit de ses aventures depuis le moment de leur séparation.

Comme la joie d'avoir retrouvé ses maîtres rendait le brave homme un peu prolixe, nous allons reproduire ce récit en l'abrégeant.

Immédiatement après son arrestation, Antoine avait été conduit à Bicêtre. Bicêtre était alors l'immense dépôt de toutes les misères, le repaire de tous les vices, l'égout de Paris. Il y avait une maison pour les fous, une retraite pour un certain nombre de pauvres, un hôpital où l'on soignait les maladies les plus horribles, et une prison. Dans les temps ordinaires, on comptait généralement deux mille prisonniers sur environ quatre mille personnes dont se com-

posait la population de cet établissement. Le
bruit ayant couru qu'il y avait des armes à Bicêtre, les septembriseurs s'y transportèrent le
3 septembre avec deux canons et peut-être davantage ; deux sections leur avaient laissé
prendre chacun le sien. Les prisonniers n'é-
taient pas hommes à se laisser égorger sans résistance, ils défendirent leurs cachots et leurs
fers. Cette lutte fut aussi meurtrière que longue,
mais elle se termina à l'avantage des assassins.
Voici comment ils procédèrent au massacre :
on parquait dans une des cours un certain nombre de détenus; les portes solidement barricadées étaient gardées par des hommes qui re-
poussaient à coups de fusil tous ceux qui ten-
taient de s'échapper ; on affectait de pointer un
canon sur l'endroit où s'étaient agglomérés le
plus de prisonniers ; naturellement ceux-ci couraient d'un autre côté pour éviter la décharge,
alors on changeait rapidement la direction de
la pièce, et l'on tirait à mitraille sur les fuyards.
Plus il en tombait, plus l'horrible joie des massacreurs était bruyante, et de féroces éclats de
rire succédaient à chaque explosion de l'artille-
rie. Vers la fin du carnage, un petit nombre de
prisonniers s'étaient réfugiés dans les caveaux

souterrains, inaccessibles non-seulement à la
mitraille et aux balles, mais encore à la lumière
du jour; on les y noya au moyen de pompes à
incendie.

Un journal de l'époque, qui a été jusqu'à
trouver *fort juste* et *très-raisonnable* que le
peuple voulût porter la tête de Mme de Lamballe sous les fenêtres de la salle à manger de
Louis XVI, de l'*Ogre*, comme il dit, a rendu
compte à sa manière de l'expédition de Bicêtre.
D'après ce journal les prisonniers pour dettes
ou par jugement de la police correctionnelle,
ainsi qu'un grand nombre de citoyens que la
misère avait relégués dans cet établissement,
auraient été élargis et se seraient retirés sains
et saufs. Tout le reste aurait été tué. Telle n'est
pas, il s'en faut de beaucoup, l'idée que quelques
historiens nous donnent de cette horrible boucherie. Le massacre dans la maison de Bicêtre
dura beaucoup plus longtemps que dans les prisons de Paris; il se prolongea même pendant huit
jours et huit nuits, si nous devons nous en
rapporter au témoignage d'un narrateur contemporain. Innocents et coupables, malades et
sains, vagabonds et indigents, l'économe et les
administrateurs eux-mêmes, tout fut massacré;

tout jusqu'aux fous et aux folles à qui on n'avait
rien donné à manger depuis le 3 septembre, et
qui finirent par aller se déchaîner et se dévé-
rouiller les uns les autres. Trente-trois enfants
condamnés à des peines correctionnelles, dit un
auteur, y furent égorgés et réunis en un seul
tas. Je trouve dans des Mémoires contemporains
qu'il fallut soixante-douze heures consécutives
pour transporter tous ces cadavres mutilés de
Bicêtre aux carrières de Montrouge.

Antoine avait été enfermé dans une chambre
du rez-de-chaussée, occupée précédemment par
des galériens qui étaient partis pour le bagne
quelques jours avant les massacres. Lorsque le
bruit de la canonnade retentit, le fidèle serviteur
ne songea plus qu'à se préparer à la mort, il
tomba à genoux devant une petite image de la
sainte Vierge, qu'il portait constamment sur lui
et qu'il tira de son sein.

J'en appelle à tous ceux qui conservent précieusement au fond du cœur la mémoire des
jours de leur enfance, à tous ceux qui sentent
une larme rouler pieusement dans leurs yeux
au seul souvenir d'une mère bien-aimée ; y a-
t-il rien de plus consolant dans toutes les tribula-
tions de la vie que la dévotion envers la divine

14.

Mère du Sauveur, cette bonne Vierge qui se
plaît à être appelée notre mère? C'est par son
intermédiaire que le Père céleste a voulu manifester aux hommes tout ce qu'il y a de plus
délicat et de plus tendre, de plus maternel, en
un mot, dans son amour pour eux. On a dit que
le plus bel ouvrage du cœur de Dieu est le cœur
d'une mère ; et c'est parce qu'il y a, en effet,
tout un monde de souvenirs pieux, tout un trésor d'ineffables tendesses, attachés à ce doux
nom, que Dieu a voulu que nous puissions dire,
en élevant nos regards vers le ciel : *Notre
mère !* comme il nous avait déjà appris à dire :
Notre père !

Lorsque Antoine voulut se mettre à genoux
pour faire sa prière, il s'aperçut que la dalle sur
laquelle il s'agenouillait n'était pas scellée dans
le sol comme elle aurait dû l'être, et qu'il n'était
pas très-difficile de la déplacer. L'espérance se
tiendrait debout sur la pointe d'une aiguille et
s'accrocherait à un fer rouge ; Antoine se hâta
de soulever cette dalle qui recouvrait une cavité
assez profonde qu'il reconnut pour un ancien
égout. Il y sauta bravement et le parcourut jusqu'à un endroit où des fouilles récentes avaient
été exécutées, autant du moins qu'il pouvait en

juger par le tact, car il se trouvait dans une obscurité complète. Une forte barre de fer, pointue par un bout et ayant probablement servi aux travailleurs, se rencontra sous sa main. Il ne fallait pas une pénétration bien grande pour deviner que les galériens étaient venus à bout d'établir une communication entre l'égout et leur chambre ; mais que surpris à l'improviste par le départ de la chaine ils n'avaient pu terminer la galerie qui devait les conduire à la liberté. Ce fut une véritable inspiration pour Antoine ; toutes ses espérances éteintes se rallumèrent ; s'il pouvait reprendre et mener à bonne fin l'œuvre de ses prédécesseurs, il était sauvé. Le prisonnier ne perdit pas une minute ; il saisit la barre de fer et se mit à percer le terrain à l'endroit où les fouilles se trouvaient interrompues. Au bout de quelques heures d'un rude travail, il commença à apercevoir la lumière de la lune, car la nuit s'était faite dans cet intervalle. Une heure plus tard, il sortait de sa galerie souterraine, et arrivait dans une vaste cour qu'il reconnut parfaitement pour une de celles réservées aux fous.

Cette cour était bordée de hauts bâtiments sur trois côtés, mais le quatrième n'était clôturé que par une muraille qui la séparait des campa-

gnes environnantes. Le premier soin d'Antoine
dut être de chercher, non pas une échelle, en
pareil lieu ç'aurait été une espérance chimérique,
mais quelque chose qui pût lui en tenir lieu. Il
ne rencontra qu'une grande et très-forte perche
aussi longue que le mur était haut, et qui, à la
rigueur, pouvait servir à en opérer l'escalade. Il
n'eut pas beaucoup de peine à la dresser contre
un angle; mais il n'avait pas encore commencé
à grimper, lorsqu'un chien de la race des dogues
s'élança de sa niche aussi loin que le lui permit
la longueur de sa chaîne, et fit retentir les airs
d'aboiements furieux. Antoine craignant que
quelques gardiens, peut-être même quelques
égorgeurs, ne fussent attirés dans la cour par ce
vacarme, se hâta de chercher une retraite où il
pût se mettre à l'abri de leurs investigations.
Les événements qui s'accomplissaient à Bicêtre
avaient nécessairement apporté beaucoup de confusion et de négligence dans le service ordinaire
de la maison; voilà pourquoi, sans doute, le
guichet d'une loge de fous donnant sur cette cour
était resté entr'ouvert. Antoine se glissa dans
cette loge, et pour plus de précaution, voulut se
rouler sous une épaisse couche de paille amoncelée dans un coin. La tranquillité profonde

qui régnait dans cette pièce lui faisant supposer
qu'elle était vide, il allait exécuter son projet
avec une précipitation en rapport avec ses craintes, lorsqu'il s'aperçut, mais trop tard, qu'il
n'avait échappé à un péril que pour tomber dans
un autre tout aussi redoutable. Son pied n'eut
pas plutôt occasionné un léger mouvement sur ce
tas de paille, qu'il en sortit un homme couvert
de haillons déchirés et sordides, grand et maigre,
que ses cheveux en désordre, sa barbe longue et
hérissée, ses yeux hagards et injectés de sang
faisaient assez reconnaître pour un fou de la plus
dangereuse espèce. Cet homme s'élança sur
Antoine comme pour le déchirer. Malgré sa
frayeur, celui-ci conserva assez de présence d'esprit pour essayer de le calmer par des caresses.
Il y réussit ; le fou se recoucha sur sa paille,
entraînant avec lui son nouveau camarade qu'il
tenait fortement par la main. Cependant, le
chien avait cessé d'aboyer, personne ne paraissait dans la cour ; le malheureux prisonnier
sentait que le moment était décisif. Il voulut se
précipiter hors de la loge, mais le fou l'arrêta.
Une lutte désespérée et terrible s'engagea alors
entre ces deux hommes. En moins de quelques
secondes, Antoine fut couvert de contusions et

de morsures. Le chien réveillé par le bruit se
mit à aboyer de nouveau, mais avec tant de
force, cette fois, qu'une dizaine de massacreurs
armés de sabres et de piques ne tardèrent pas à
se montrer dans la cour. L'aspect de ces hommes
couverts de sang et portant des torches allumées
exaspéra jusqu'à son plus haut paroxysme la
rage du furieux, en même temps qu'il en changea
l'objet. Le fou abandonna Antoine et s'élança
avec des hurlements et des contorsions épouvantables sur les nouveaux arrivés. Ceux-ci
n'étaient pas encore revenus de leur surprise,
que le terrible insensé en avait déjà étranglé un
et mordu cruellement plusieurs autres. On l'as-
saillit enfin à coups de piques, mais il se mit à
fuir avec une vitesse inconcevable jusqu'à l'ouverture de la galerie souterraine creusée par le
prisonnier. Il poussa alors un éclat de rire sac-
cadé, qui, s'il ne ressemblait pas à un rugissement
de bête féroce, ne ressemblait à rien; puis, il
s'enfonça rapidement dans ce trou, et disparut
complétement aux regards étonnés de ceux qui
lui donnaient la chasse. Après s'être consultés
un moment, les assassins l'y suivirent. Dès que
la cour fut libre, Antoine sauta hors de la loge,
grimpa sur le mur à l'aide de sa perche, la tira

à lui, et s'en servit pour descendre de l'autre côté, où il arriva à terre sans accident.

Le reste de ses aventures ne présente aucune particularité qui soit digne d'une mention spéciale. Il erra toute une journée dans la campagne, ne s'approcha des lieux habités qu'une seule fois et en tremblant pour se procurer de la nourriture, et se réfugia enfin dans la vieille carrière où il eut le bonheur de rencontrer ses deux amis.

CHAPITRE XI.

RENTRÉE DANS PARIS.

Quoique les trois proscrits eussent rencontré un asile momentanément sûr dans la vieille carrière abandonnée, ils sentaient que leur position n'était pas tenable et qu'il fallait fuir dans le plus bref délai. On n'a peut-être pas oublié que Julien était sorti de chez lui le premier jour des massacres dans l'intention de donner un assaut à la cupidité bien connue d'un certain personnage haut placé, et qu'il avait pris sur lui, en conséquence, tout l'or, les assignats et les effets précieux, qui se trouvaient dans la demeure de son oncle. Cela ne suffisait pas, cependant, pour assurer leur fuite; il était urgent de se procurer d'autres habits, et, si cela était possible, des passeports. Confiant dans son costume de sans-culotte, rassuré contre les machinations de Jac-

ques qu'il croyait retenu au lit par sa blessure,
le jeune homme proposa à ses deux compagnons
de l'attendre dans la carrière, pendant qu'il se
hasarderait lui-même à rentrer dans Paris.
L'abbé Claude et Antoine pensèrent que la confusion qui devait régner dans cette ville rendait
ce projet beaucoup moins dangereux qu'il ne paraissait l'être. Ils n'y consentirent, cependant,
qu'avec une grande répugnance et sur les instances réitérées de Julien. Au reste, il n'y avait
pas à balancer; ils ne pouvaient ni demeurer trop
longtemps dans la carrière, ni en sortir, surtout
l'abbé Claude, avec les habits qu'ils portaient en
ce moment. Cette nécessité bien établie, le choix
ne pouvait être douteux entre les rues populeuses
de la capitale et la curiosité tracassière des vil-
lages environnants.

Julien embrassa son oncle et Antoine qui devaient se faire violence pour retenir leurs larmes, il sortit de la carrière sans être aperçu et
gagna heureusement la plus prochaine barrière.
Il l'avait à peine franchie qu'il se trouva en face
d'un rassemblement peu nombreux, mais composé de tout ce qui croupissait de plus sale dans
les bas-fonds de la population parisienne. Ce rassemblement accompagnait une charrette chargée

15

de cadavres, et faisait retentir les airs de cris
de joie, de plaisanteries dégoûtantes, de malé-
dictions horribles, de chansons ignobles. Une
femme, jeune encore, aux regards effrontés,
et à la figure flétrie, quoique momentanément
enluminée par de copieuses libations, était assise
en haut de la charrette sur un corps affreusement mutilé. Elle tenait une bouteille de la main
gauche, et de la droite, un lambeau de chair humaine encore saignante, qu'elle brandissait
comme un trophée. Les cannibales qui formaient
le cortége rugissaient le refrain d'une chanson
dite patriotique que hurlait cette hideuse créature. Les corbeaux croassaient dans les nuages
grisâtres, et quelques chiens de bouchers lé-
chaient de distance en distance la longue trace de
sang que la charrette laissait après elle.

Julien terrifié à cette vue se sentit pris comme
d'un vertige; la terre tournait autour de lui, ses
jambes lui refusaient leur service, son cœur se
soulevait de dégoût. Il fut obligé de s'appuyer
contre un mur et de regarder passer toute cette
bande de démons. Lorsqu'il se remit en marche,
il croisa, pour s'éloigner au plus tôt de cet abominable spectacle, la ligne rouge qu'avait tra-
cée la charrette. En ce moment il sentit sous ses

pieds un corps dur qui faisait résistance. Il y
porta involontairement les yeux et aperçut une
mauvaise tabatière toute souillée de sang, évidemment échappée de la poche d'une des victimes entassées dans le cercueil commun. Cette
boîte était tellement simple, tellement vieille,
tellement éraillée dans son vernis, qu'elle n'a-
vait tenté la cupidité d'aucun des assassins. Julien la ramassa, et dès qu'il eut trouvé un endroit convenable, il l'ouvrit pour en examiner
le contenu.

Le contenu consistait en une feuille de papier
ployée de manière à n'occcuper qu'un très-petit
espace et recouverte d'une épaisse couche de
tabac à priser. Cette feuille de papier était un
passeport bien en règle, délivré à un citoyen dont
le nom était en blanc, lequel voyageait avec sa
famille composée de deux personnes, profession
de colporteurs merciers tous les trois. Julien
n'eut pas de peine à comprendre que cette pièce
avait été ou contrefaite ou achetée à haut prix
par les amis de quelque prisonnier dont la rapidité des assassins avait déjoué les calculs. Elle
n'en était pas moins précieuse pour cela; et soit
qu'elle provînt d'un faux, soit qu'on l'eût payée
à la corruption d'un agent de la Commune, le

ieune homme résolut de s'en servir. Il fallait
avant tout se procurer des habillements conve-
nables, un pauvre assortiment de fils, de ciseaux,
d'épingles et d'aiguilles, de dés à coudre ; un petit fonds de menues merceries, en un mot. Afin
de n'éveiller aucun soupçon, Julien fit ces différentes emplettes dans des quartiers de Paris fort
éloignés les uns des autres, de manière que l'a-
près-midi était déjà fort avancée lorsqu'il se
trouva en mesure de partir. Cette circonstance
l'inquiétait d'autant moins, qu'il ne se proposait
pas de rentrer à la carrière avant la nuit.

Il cheminait donc lentement, en homme qui a
du temps devant lui et qui n'est pas pressé d'arriver. Il venait de s'engager dans le quartier de
la Halle, lorsque son attention fut éveillée par le
passage de différentes patrouilles, ainsi que par
une fermentation populaire extraordinaire, même
en ces temps de fermentation. Il rencontra plusieurs individus que l'on conduisait au poste le
plus voisin, de jeunes filles qui pleuraient, des enfants qui criaient, de vieilles femmes qui juraient,
des hommes qui s'étaient fait une arme de tout
ce qu'ils avaient trouvé sous leur main, et dont
les regards soupçonneux se fixaient avec une
curiosité menaçante sur tout visage étranger.

Un cadavre, dont la tête avait été séparée du
tronc, gisait dans le ruisseau de la rue; et la préoc-
cupation générale était si forte, que personne,
excepté peut-être quelques rares passants, ne faisait la moindre attention à ce sanglant spectacle.

Voici quelle était la cause de cette agitation :
Dès le matin de ce jour, un certain nombre de
bandits s'étaient répandus dans la ville, arra-
chant avec violence à toutes les personnes qu'ils
rencontraient, et sous prétexte des besoins de la
patrie, les chaînes d'or, les bagues, les boucles
d'oreille. en un mot tous les objets de prix dont
ils pouvaient s'emparer. Le peuple s'était jeté
sur ces misérables, dont trois avaient eu la tête
coupée. On assurait même qu'une femme en avait
tué un sur le Pont-Neuf d'un coup de couteau [1].
Peu de jours auparavant on pillait la caisse de la
gendarmerie; et quelque temps après, des brigands armés s'introduisaient dans le Garde-
Meubles, dont ils enlevaient les diamants et les
pierreries les plus précieuses.

Julien, qui avait d'excellentes raisons pour
ne se compromettre dans aucune cohue où pouvaient se rencontrer des émissaires de la Commune, n'eut pas plutôt appris ce dont il s'agis-

1. Cet événement eut lieu le 14.

sait, qu'il doubla le pas, quoique sans affectation, et eut bientôt gagné un quartier plus tranquille. Comme il se trouvait alors exténué de besoin et de fatigue, il entra dans un restaurant, presque désert à cette heure, où il se fit servir à dîner. Un de ses amis qu'il y rencontra avait échappé comme par miracle, la veille et par l'entremise d'un garde national de Bordeaux, au massacre du Grand-Châtelet. L'ami de Julien lui avoua qu'en sortant de cette prison sous le déguisement et avec les armes d'un tueur, il enfonçait jusqu'aux genoux dans un ruisseau de sang, et qu'il avait passé plus de deux heures à la fontaine *Maubuée* à en ôter les traces pour ménager la sensibilité des personnes chez qui il allait chercher un asile. Julien lui raconta à son tour une partie de ses aventures; puis ces deux échappés du tombeau se serrèrent affectueusement la main et se quittèrent. Une heure environ après cette rencontre, Julien arriva sur la place du Carrousel; mais là aussi il fut arrêté par une foule encore plus compacte que celle qu'il avait dû traverser dans le quartier de la Halle.

Il n'eut pas besoin d'interroger pour connaître la cause de ce rassemblement; la maison qu'il habitait avec son oncle était en feu. A la manière

dont la flamme s'élançait par le toit et par toutes
les ouvertures, Julien devina que l'incendie avait
été allumé à dessein. Des gens perfidement empressés se donnaient beaucoup de mouvement
dans la rue ; mais pour un observateur de sang-
froid il était évident que le résultat le plus clair
de leurs efforts était de paralyser tous les secours.
Au moment où Julien arrivait sur la place, le
bruit venait de se répandre que cette maison,
appartenant à un conspirateur royaliste, contenait une immense quantité de poudre dont l'explosion ne pouvait manquer d'avoir lieu d'un moment à l'autre. La foule se retirait à la hâte ; et
les soldats eux-mêmes, accourus sur le lieu du
sinistre, paraissaient plus empressés d'échapper
à ce volcan en éruption que d'apporter des secours désormais inutiles.

La vérité tout entière apparut aux yeux du
fugitif. Il n'eut pas de peine à comprendre que
l'incendie avait été allumé par Jacques, qui espérait ainsi ensevelir sous les ruines de cette maison les terribles papiers dont la trace se dérobait
toujours à ses regards.

Quoique assez médiocrement affecté de ce dé-
sastre, qui, à bien considérer la chose, n'atteignait plus que des propriétés nationales, et par

conséquent perdues pour le légitime propriétaire,
Julien ne put s'empêcher de frémir à cette nouvelle preuve de l'infernale activité de son ennemi.
Il donna un soupir de regret, il est vrai, à la belle
bibliothèque et aux manuscrits de son oncle ;
mais de plus sérieuses préoccupations ne lui per-
mirent pas de s'arrêter longtemps à cette idée. Il
continua donc sa route, fort inquiet sur les
chances probables de sa fuite, et plus convaincu
que jamais de la nécessité de l'effectuer dans le
plus bref délai possible.

Son retour à la carrière fut favorisé par une
nuit sans étoiles. Ses deux amis qui, vingt fois
depuis son départ, l'avaient cru ou arrêté ou
mort, ce qui revenait à peu près au même, le reçurent avec une joie qu'il est facile de comprendre. Il leur raconta les événements de la journée,
leur exposa son plan d'évasion, et leur proposa
de partir avant le jour. Ce projet fut adopté.
L'abbé Claude remercia Dieu par une fervente
prière de les avoir, pour ainsi dire, miraculeuse-
ment sauvés jusqu'à ce moment, et le pria de protéger leur fuite.

Ce devoir accompli, les trois fugitifs se préparèrent par quelques heures de repos aux fatigues
et aux dangers du lendemain.

CHAPITRE XII.

VOYAGE.

Il s'en fallait de beaucoup que la province fût tranquille. La Commune de Paris chercha des complices dans touté la France ; le crime déposa son masque, et par une juste disposition de la Providence, il se marqua au front, pour ainsi dire, et se signala lui-même à l'exécration de la postérité. La circulaire du Comité de surveillance de la Commune est un véritable monument de ces jours néfastes ; nous allons en transcrire le dernier paragraphe, avec les signatures qui y sont attachées comme à un pilori :

« La Commune de Paris se hâte d'informer
« ses frères de tous les départements qu'une par-
« tie des conspirateurs féroces détenus dans les
« prisons a été mise à mort par le peuple ; actes
« de justice qui lui ont paru indispensables pour

15.

« retenir par la terreur ces légions de traîtres
« cachés dans ses murs, au moment où il allait
« marcher à l'ennemi; et sans doute la Nation
« entière, après la longue suite de trahisons qui
« l'ont conduite sur les bords de l'abîme, s'em-
« pressera d'adopter ce moyen si nécessaire de
« salut public, et tous les Français s'écrieront
« comme les Parisiens : Nous marchons à l'en-
« nemi, mais nous ne laisserons pas derrière
« nous des brigands pour égorger nos enfants et
« nos femmes. Frères et amis, nous nous atten-
« dons qu'une partie d'entre vous va voler à
« notre secours, et nous aider à repousser les
« légions innombrables de satellites des des-
« potes conjurés à la perte des Français. Nous
« allons ensemble sauver la patrie, et nous
« vous devrons la gloire de l'avoir retirée de
« l'abîme.

« Les administrateurs du Comité de salut pu-
« blic et les administrateurs adjoints réunis.

« Signé : Pierre Duplain, Panis, Sergent, Len-
« fant, Jourdeuil, Marat l'ami du peuple, Defor-
« gues, Leclerc, Dufort, Cally, constitués par la
« Commune et séants à la Mairie. Paris, 3 sep-
« tembre 1792. »

O honte !!!

Cet appel au meurtre fut entendu par les bandits de quelques villes de France; mais le poignard de septembre vint se briser contre la résistance des populations de la province, moins lâches que celle de la Capitale. Il y eut cependant des malheurs à déplorer. Huit personnes furent massacrées à Reims; quatorze, dont sept prêtres, à Meaux. A Lyon, une liste de deux cents victimes avait été dressée; les assassins se portèrent d'abord sur le château de Pierre-Scise; neuf officiers de Royal-Dragons étaient détenus dans cette forteresse, huit furent égorgés, le neuvième s'échappa par-dessus la muraille. Plusieurs ecclésiastiques étaient enfermés dans la prison de Roanne, la femme du concierge les fit tous évader; un seul fut saisi et conduit à la place des Terreaux, où on lui coupa la tête. Un prêtre déguisé qui se sauvait fut reconnu et égorgé dans la rue. Un autre, et ce fut la dernière victime, perdit la vie dans la prison de Saint-Joseph. Les têtes coupées furent promenées au bout des piques et à la lumière des torches pendant toute la soirée et une partie de la nuit. C'était peu de chose pour la rage des septembriseurs lyonnais; ils auraient bien voulu recommencer au premier

jour. Mais les autorités locales se concertèrent
ensemble pour les museler ; la garde nationale
de Lyon était sous les armes ; elle s'opposa aux
visites domiciliaires, et par conséquent aux arrestations. Le 9 septembre s'accomplit le massacre de Versailles : cinquante et quelques prisonniers y furent amenés d'Orléans par une
bande de fédérés et d'égorgeurs. Le co .age et
le ˙dévouement du maire de Versailles furent
impuissants à protéger ces malheureux captifs ;
quatre ou cinq à peine parvinrent à se sauver.
Après cette exécution, les assassins envahirent
la prison et y massacrèrent vingt-trois détenus.
Les corps mutilés devinrent le jouet de cette
troupe de cannibales, les têtes coupées furent
accrochées aux grilles de ce palais désormais
vide et que la royauté ne devait plus remplir
de ses splendeurs[1].

1. Les massacres de province paraissent avoir eu prin-
cipalement lieu sur la route militaire qui allait de Paris
à la frontière. Nous devons remarquer, en outre, que le
plus grand nombre des assassins n'appartenaient pas
généralement à la population locale des villes où s'accomplissaient les massacres. Aucun des meurtriers de Versailles ne fut reconnu pour être habitant de cette ville ; le
massacre de Meaux fut exécuté par une horde de brigands
venus de Paris, assure-t-on ; celui de Lyon, par une bande

Traverser une partie de la France en fugitif
était donc une entreprise dont la témérité ne
pouvait être justifiée que par une nécessité ab-
solue. Cependant les premiers jours du voyage
de l'abbé Claude ne furent troublés par aucun
événement qui mérite la peine d'être raconté.
Les trois amis se dirigeaient vers Calais, où ils
espéraient pouvoir s'embarquer pour l'Angleterre. Ils voyageaient à pied tous les trois, le
sac sur le dos et le bâton à la main, tâchant de
se donner toutes les allures de leur nouvelle
profession ; évitant les grandes voies de communication autant que possible, ne prenant gîte
que dans les auberges de la plus mince apparence, et de temps à autre, lorsque la prudence
le commandait impérieusement, sur le gazon
touffu de quelque bois humide et peu fréquenté.
Calby, à qui son merveilleux instinct semblait
avoir fait comprendre l'importance de ces précautions, marchait presque toujours en avant

de volontaires qui attendaient dans cette ville leur organisation et leur ordre de départ; les massacreurs de Reims
appartenaient à un bataillon qui arrivait de Paris. Ils
étaient environ cinquante hommes, tous ramassés dans la
boue, et avaient été entraînés au crime par un cardeur de
laine, président de la Société populaire et correspondant
de Marat.

de la petite troupe, sur laquelle il ne manquait
jamais de se replier dès qu'il avait vu, flairé,
ou entendu quelque chose de suspect.

Un soir, après une journée de marche fati-
gante, nos trois amis suivaient un chemin de
traverse qui devait les conduire à une ferme
isolée où ils se proposaient de passer la nuit.
Une vieille chapelle ruinée s'étant rencontrée
sur leur route, l'abbé Claude voulut examiner
de près une inscription lapidaire gothique assez
bien conservée qu'on lisait, ou pour mieux dire,
qu'on ne lisait pas, à côté de la porte. Soit qu'il
ne pût pas la déchiffrer aussi facilement qu'il s'y
était attendu, soit, au contraire, qu'après l'avoir
lue, il la trouvât digne d'être conservée, le savant
voulut en avoir un estampage. Antoine maugréa
bien un peu contre cette fantaisie épigraphique
de son maître, Julien lui-même hasarda quelques observations ; mais la tentation était trop
forte pour l'abbé Claude, il n'y eut pas moyen
de le dissuader.

Il tira donc de son sac une feuille de papier
assez mince, c'est du papier sans colle qu'il aurait fallu, mais il n'en avait pas, il imbiba d'eau
cette feuille ; puis, après l'avoir appliquée sur
les caractères, il la pressa peu à peu avec les

doigts et la paume de la main jusqu'à ce que
le papier eût pénétré dans les moindres creux
de la pierre ; de telle sorte que l'inscription devait se trouver exactement reproduite sur cette
feuille, en relief d'un côté et en creux de l'autre.
Lorsque le papier se trouva suffisamment sec
pour pouvoir être enlevé de dessus la pierre, il
le souleva avec précaution, l'étendit sur l'herbe
et acheva de le faire sécher aux derniers rayons
du soleil couchant.

Pendant qu'il était occupé à cette opération,
un homme de soixante ans à peu près, mais
vert encore, et monté sur un fort beau cheval,
vint à passer sur la route. Cet homme s'arrêta
devant les trois colporteurs et les salua poli-
ment, fort étonné, à ce qu'il paraissait, du peu
de rapport qui existait entre leur profession
apparente et la nature de leur occupation actuelle. L'étonnement du cavalier était un danger réel pour des gens qui avaient un si grand
intérêt à se cacher. Julien et l'abbé Claude le
sentirent, mais il était trop tard. La conversation qui s'ensuivit les trahit encore davantage ;
et au bout d'un quart d'heure d'entretien le
nouveau venu se trouvait complétement édifié,
sinon sur le véritable caractère, au moins sur

la vraie position sociale des prétendus colporteurs.

Heureusement pour les trois amis que leur secret n'était pas tombé en de mauvaises mains. Le cavalier, comme ils l'apprirent de lui-même, était le seigneur d'une paroisse voisine, dont le château, qui datait du temps des Croisades, élevait ses vieilles tourelles à peu de distance de là. L'hospitalité qu'il y offrit à l'abbé Claude fut acceptée avec reconnaissance. Ils se mirent donc en route vers la demeure du marquis, c'était son titre, celui-ci réglant l'allure de son cheval sur le pas un peu fatigué des voyageurs.

La terre de France tremblait depuis longtemps sous les pieds de son antique noblesse. Le peu de gentilshommes qui n'avaient pas encore fui ce sol brûlant ne devaient s'attendre qu'à la ruine et à la mort. La situation du marquis ne faisait pas exception à cette règle générale. En butte sans relâche à de calomnieuses accusations, poursuivi par la haine et la basse jalousie de tout ce qu'il y avait de mauvais sujets dans le voisinage, il se trouvait continuellement exposé, soit à mourir juridiquement assassiné sur un échafaud, soit à périr victime de

quelque soulèvement populaire. Il ne se dissi-
mulait pas qu'il ne lui restait d'autre refuge
que l'émigration ; et depuis longtemps déjà il
disposait toutes choses en vue de son départ,
ou, pour mieux dire, de sa fuite, car dans ces
jours de calamiteuse mémoire, quiconque voulait quitter la France devait s'en évader comme
d'une prison. Sa famille, qu'il avait fait partir
immédiatement après la désastreuse journée du
10 août, l'attendait en Angleterre, où lui-même
ne se proposait d'aller la rejoindre qu'après avoir
réalisé toute la partie réalisable de sa fortune,
et s'être ménagé ainsi des ressources pour un
exil que, contrairement à l'opinion de la plupart
des nobles de cette époque, il jugeait devoir être
fort long.

Les soins empressés qu'il prodigua aux fugitifs se ressentirent nécessairement de cet état
de choses. Tout le mobilier du château ayant
été vendu peu à peu, les domestiques congé-
diés, à l'exception de trois serviteurs dévoués
qui, nés sur le domaine du marquis, s'obsti-
nèrent à suivre la fortune de leur maître, il était
impossible que l'hospitalité de cette noble maison ne se trouvât pas réduite, comparativement
du moins, à des proportions un peu mesquines.

On prépara trois lits dans une même chambre pour l'abbé Claude et ses deux compagnons. Les proscrits se retirèrent de bonne heure, car ils étaient fatigués d'une pénible journée de marche, et voulaient se remettre en route le lendemain avant le lever du soleil.

Ils n'avaient pas dormi deux heures, qu'ils furent réveillés par un épouvantable vacarme.

C'étaient les piétinements d'une multitude qui s'agitait en tous sens sous les murs du château, des clameurs sauvages, des cris de mort et d'horribles menaces contre les aristocrates et les prêtres; c'étaient de grosses pierres qui venaient rebondir comme de la grêle sur les portes et les fenêtres soigneusement barricadées; c'étaient des coups de fusil qui retentissaient de temps à autre, les balles qui trouaient les volets, les vitres qui tombaient en éclats dans l'intérieur des appartements.

Le château était cerné de tous côtés par les anciens vassaux du seigneur.

Celui-ci, qui avait fait la campagne d'Amérique, en avait vu bien d'autres, et n'était pas homme à se laisser égorger comme un mouton. Malheureusement, ainsi que nous l'avons dit tout à l'heure, sa garnison ne se composait que de

lui-même et de trois domestiques, quatre personnes en tout. Il est vrai que quatre hommes déter-
minés pouvaient se défendre très-longtemps derrière de hautes murailles entourées d'un large
fossé rempli d'eau ; et que, dans la prévision d'un
siége comme celui qu'il soutenait en ce moment,
le marquis s'était procuré une demi-douzaine
d'excellentes espingoles, sorte de fusil court, à
gros calibre, et à gueule évasée en forme d'en-
tonnoir, dont la plus petite pouvait se charger de
huit ou dix balles, pour le moins.

Pendant que les trois fugitifs s'habillaient à la
hâte, car le sang bouillait dans les veines de
Julien, et l'abbé Claude, qui n'oubliait jamais
qu'il était prêtre, s'en souvenait surtout lorsqu'il
s'agissait d'accomplir, au péril de sa vie, les
saintes fonctions de son sacré ministère, les espingoles commencèrent de gronder avec un fracas comparable à celui d'une pièce de canon.
Comme la foule des assiégeants était compacte,
chaque décharge y pratiquait une large trouée;
les bords du fossé ne tardèrent pas à se couvrir
de blessés et de morts. Les paysans, qui avaient
compté sur la faiblesse de la garnison, et qui
croyaient emporter le château sans coup férir,
furent aussi étonnés que déconcertés d'une récep-

tion à laquelle ils étaient loin de s'attendre.
Il s'opéra parmi eux un mouvement rétrograde
qui les mit hors d'atteinte des espingoles, sorte
d'armes dont la portée n'est jamais très-considé-
rable. Le siége menaçait donc de traîner en longueur, lorsqu'un événement en dehors de toutes
les prévisions vint mettre le château au pouvoir des assaillants. Les armes dont se servaient
les assiégés faisaient nécessairement une très-
forte consommation de poudre ; afin que les dé-
charges pussent se succéder sans interruption,
le marquis en avait fait rouler un petit tonneau
dans la cour près de la principale porte d'entrée ;
la bourre enflammée d'une espingole y mit le feu.
L'explosion fut terrible ; toutes les murailles du
château s'ébranlèrent jusque dans leurs fondements, et la porte violemment arrachée de ses
gonds alla se précipiter dans le fossé.

L'abbé Claude, Julien et Antoine arrivèrent
en ce moment dans la cour. Le marquis et ses
trois hommes étaient désespérés ; la défense du
château devenait impossible, la poudre manquait, et les paysans qui devinaient leur triomphe se mettaient déjà en mesure de franchir le
fossé, seul obstacle qui les séparait encore de
leur proie.

Les quatre défenseurs du château s'étaient portés l'épée à la main sur la brèche que l'explosion venait d'ouvrir. La fuite leur paraissait impossible, la mort certaine, ils voulaient mourir en combattant. L'abbé Claude s'épuisa vainement à leur faire comprendre que tout espoir de salut n'était peut-être pas perdu encore, et qu'il fallait profiter de ces quelques minutes de trêve pour tâcher de s'évader du château. A part le peu de danger qu'il pouvait y avoir à se laisser descendre jusqu'au pied du mur au moyen d'une corde, cette évasion ne devait pas présenter de bien grandes difficultés, puisque tous les assiégeants commençaient à se concentrer devant l'étroit passage presque démantelé que ne protégeait plus une solide porte de chêne bardée de fer. L'abbé Claude ne savait pas que toutes les fenêtres du rez-de-chaussée étaient garnies de forts barreaux, que le premier étage était très-élevé, et qu'il n'existait d'autre voie pour traverser le fossé que l'ancien pont-levis, dont les débris à moitié brûlés et noircis par la poudre couvraient le sol ou flottaient sur l'eau.

A tous les arguments de l'abbé, le marquis secouait la tête d'un air de doute; mais enfin, ne voulant pas résister davantage aux instances d'un hôte à qui son hospitalité avait été si funeste, il le suivit en silence dans l'intérieur de la maison. Leur sortie de la cour fut saluée par un hourra de triomphe et par une grêle de pierres, dont quelques-unes vinrent toucher Calby, sans cependant le blesser. Cet incident exaspéra la colère du noble animal, qui depuis les premiers coups de feu donnait des marques d'une inquiétude violente, averti qu'il était par son instinct de l'imminence du péril que couraient ses maîtres. Il poussa un hurlement de rage et se précipita furieux sur les projectiles qui ne cessaient de tomber. Son élan fut si rapide, qu'il ne put s'arrêter au bord du fossé et qu'il glissa dans l'eau. Revenu à la surface, il gagna la terre à la nage, du côté opposé à celui d'où il était parti, se défendit vaillamment contre les premiers ennemis qu'il rencontra, en blessa plusieurs, et, quoique vigoureusement poursuivi, parvint à se sauver à travers champs.

Les trois amis furent vivement affectés de cette perte ; mais le soin de leur propre sûreté, la position critique dont il fallait sortir à tout prix sous peine de mort, ne tardèrent pas à faire diversion à leurs regrets.

Une demi-heure à peine s'était écoulée depuis

les derniers événements que nous venons de raconter. La petite troupe se trouvait réunie dans la chapelle du château. Ainsi que le marquis l'avait prévu, la hauteur des fenêtres, la solidité des grilles, avaient opposé un obstacle insurmontable à tout projet d'évasion ; il fallait se résigner à mourir. C'était dans ces occasions surtout, que l'abbé Claude était admirable de charité et de dévouement. Il réussit à faire passer dans l'âme de ses compagnons de malheur une partie de sa propre résignation chrétienne ; et tous ensemble, prosternés aux pieds du Christ, ils attendaient en priant une mort désormais inévitable.

Cependant les assiégeants avaient pénétré dans le château ; un effroyable tumulte régnait dans les appartements saccagés. Bientôt des coups de hache commencèrent à retentir sur la porte de la chapelle ; encore quelques minutes, quelques secondes peut-être, et elle allait voler en éclats ; la petite garnison n'était plus séparée de la mort que par une planche. L'abbé Claude, qui récitait à haute voix les prières sublimes de l'agonie, s'interrompit tout à coup, et tournant la tête vers un tableau religieux peint sur un des panneaux de la muraille, il resta immobile dans la position

d'une personne qui écoute. Les sons qu'il avait
perçus le premier recommencèrent bientôt d'une
manière plus distincte. Ses compagnons d'infortune retenaient leur respiration pour mieux entendre ; ils avaient presque des éblouissements
à force de regarder si le tableau ne bougeait pas ;
leur âme tout entière semblait être passée dans
leurs yeux et dans leurs oreilles ; c'est que le
salut était là peut-être, là, devant eux, et qu'ils
ignoraient s'il n'arriverait pas trop tard, car la
porte de la chapelle ne cessait de craquer et de
gémir. Au bout d'un moment d'incertitudes et
d'angoisses inexprimables, le doute ne fut plus
possible : un aboiement prolongé venait de retentir derrière le panneau. Le marquis, plus
étonné que personne, car il ne soupçonnait pas
l'existence d'un corridor secret pratiqué dans
l'épaisseur du mur, fut le premier à s'élancer
cóntre le tableau qu'il réussit, en se servant de
son épée qu'il brisa et qui lui servit de ciseau,
à faire tourner sur des gonds invisibles. Dès que
le passage fut libre, Calby, car c'était lui-même,
se précipita dans la chapelle en poussant des hurlements de joie.

Les moments étaient trop précieux pour les
perdre en caresses ou en conjectures. Les assié-

gés disparurent à la hâte par le petit corridor découvert d'une manière presque miraculeuse, et le panneau qui en masquait l'entrée venait à peine d'être remis à sa place, lorsque les derniers craquements de la porte, joints à d'épouvantables vociférations, leur apprirent que la chapelle était envahie.

Ce corridor, dans lequel régnait une obscurité complète, les conduisit à un escalier étroit et roide qu'ils descendirent avec précaution. Parvenus à la dernière marche, ils se trouvèrent dans une galerie dont les parois abruptes, ainsi que les quartiers de rocher qui encombraient le sol, témoignaient assez que si la main des hommes avait passé par là, elle s'était bornée à mettre le château en communication avec une caverne naturelle, dont l'issue, à en juger par le temps que le chien avait mis à la parcourir, ne pouvait être très-éloignée. Cette conjecture se trouva juste; vingt minutes à peu près suffirent à l'abbé Claude et à ses compagnons pour arriver à l'extrémité de la galerie. Ils n'en sortirent toutefois qu'avec une difficulté extrême, à cause des broussailles épineuses qui en obstruaient l'entrée et la dérobaient à tous les regards. Ils se séparèrent alors avec plus de regrets que ne sem-

blait en comporter la date récente de leur connaissance; mais l'amitié vieillit vite au milieu des
dangers courus en commun. Le marquis et ses
hommes se réfugièrent chez quelques fermiers
du voisinage, enragés patriotes en apparence,
mais au fond complétement dévoués aux intérêts
royalistes.

Nos trois amis continuèrent leur voyage sur
les indications qu'ils avaient reçues de leur hôte.
Quant à Calby, c'était à peine s'il pouvait remplir ses fonctions ordinaires d'éclaireur; il sau-
tait, courait, folâtrait, ne se possédait pas de joie
et semblait fou, tant il était heureux d'avoir
retrouvé ses trois maîtres.

CHAPITRE XIII.

VOYAGE.

Suite.

Nos voyageurs suivaient un petit sentier qui serpentait dans un bois et qui devait les conduire sur la grand'route, à une distance assez considérable des lieux où s'étaient passés les derniers événements.

L'aurore qui venait de se lever éclairait déjà les plus hautes branches des arbres, et les gouttelettes de rosée scintillaient comme de la poussière de diamant sur les feuilles, à la brise parfumée du matin. Les fleurs et les oiseaux, tout s'éveillait dans le bois ; l'air était chargé de senteurs, le silence se remplissait de gazouillements. Le soleil montait peu à peu et envoyait ses rayons d'une manière moins oblique, l'ombre des feuilles commençait à trembloter sur l'herbe

du sentier; çà et là, dans quelques clairières,
celle des grands arbres venait se dessiner sur le
gazon humide. De petits rameaux s'étaient hâtés
de jaunir aux approches de l'automne; la lumière
naissante leur donnait des reflets de topaze qui
se jouaient au milieu des branches vertes et
touffues. Les cris du pâtre retentissaient à une
grande distance; des bêlements plaintifs, de
sourds beuglements se faisaient entendre dans le
lointain; puis c'était la clochette du bélier favori, qui marche gravement à la tête du trou-
peau et se pavane comme un monarque sous sa
toison bizarrement découpée; puis c'était la
chanson matinale du laboureur, et le craquement
des feuilles sèches sous le pas lent et tranquille
de ses bœufs; et par-dessus tous ces bruits, le
son un peu fêlé de la cloche du village qui tin-
tait allègrement l'*Angelus*.

L'abbé Claude et ses amis pressaient le pas,
car ils ne se sentaient point en sûreté dans les
environs du château. Ils cheminaient ainsi depuis près d'un quart d'heure, lorsqu'ils furent
rejoints par un paysan déjà très-avancé en âge,
lequel poussait devant lui un âne chargé de fa-
gots de menu bois.

Quoique fort contrariés de cette rencontre, nos

amis furent obligés de marcher côte à côte avec
le nouvel arrivé, le sentier étant trop étroit pour
qu'ils pussent s'écarter sans affectation. Comme
d'ordinaire entre voyageurs qui s'abordent sur
la route, la conversation, après les politesses
d'usage, commença par des questions assez insignifiantes en elles-mêmes, mais qui auraient
grandement embarrassé l'abbé Claude s'il ne les
avait éludées avec adresse. Le paysan paraissait
avoir plus de tact et de discrétion que n'en mon-
trent habituellement les individus de sa classe. Il
n'eut pas de peine à comprendre que ses nouveaux
compagnons de voyage se souciaient fort peu
d'entrer dans des explications personnelles. Il
se le tint pour dit, et comme lui-même ne sortait
pas d'une réserve prudente quoique polie, la conversation languissait déjà depuis longtemps,
lorsque les voyageurs arrivèrent devant la porte
d'un cimetière, près d'un gros village que les sinuosités du chemin les avaient empêchés d'apercevoir jusque-là. Julien fit observer à ses amis
qu'il y avait une inscription toute récente sur la
porte du cimetière.

— Une inscription toute récente ! s'écria le
paysan qui devint pâle de surprise; quelque nouvelle parodie, sans doute !!! Hier matin encore,

16.

il n'y avait d'autre inscription que celle qui datait de mon..... de l'arrivée de l'ancien curé de cette paroisse : *Memento, homo, quia pulvis es et in pulverem reverteris;* ce qui veut dire : *O homme, souviens-toi que tu es poussière et que tu retourneras en poussière.*

Et tirant précipitamment de sa poche une vieille paire de lunettes montées en argent, il les assujettit sur son nez, s'arrêta devant la porte, et lut :

EHEU ! FUGACES LABUNTUR ANNI.

— Profanation, s'exclama-t-il, Horace sur la porte d'un cimetière !

— Et Horace estropié, encore ! fit observer l'abbé Claude.

Cette petite scène ne dura qu'un instant, mais elle fut décisive; les deux interlocuteurs se regardèrent stupéfaits : une explication devenait inévitable. En effet, il n'était pas plus naturel de voir un vieux paysan reconnaître deux vers d'Horace, qu'il ne l'était de rencontrer un pauvre mercier colporteur capable de s'apercevoir que ces deux vers tronqués avaient été fondus en une seule phrase prosaïque.

Julien, évidemment contrarié, saisit le bras de son oncle et prononça à voix basse quelques paroles que leur nouveau compagnon entendit sans doute, car il se rapprocha d'eux et leur dit : Si vous vous êtes trahis, Messieurs, si je me suis trahi moi-même, remercions-en la Providence ; elle vous fait rencontrer un ami. Je suis le curé de ce village... le curé réfractaire, ajouta-t-il en souriant. On appelait ainsi les prêtres qui n'avaient pas voulu prêter le serment schismatique.

L'abbé Claude répondit à la noble confiance du curé par une confiance égale. Il le mit au courant en peu de mots de tout ce qui, dans son histoire, ne concernait que sa famille et lui-même. Quant aux motifs de la haine de Jacques, il ne jugea pas à propos de les lui révéler.

Le curé ne demandait pas mieux que d'être utile aux hôtes que la Providence venait de lui envoyer. Il le pouvait moins difficilement que personne, parce que, ayant déjà rendu, au péril de sa vie, de nombreux services de la même nature, il avait conservé des relations avec le patron d'une barque contrebandière qui gagnait sa vie à transporter des émigrés en Angleterre, genre de contrebande aussi lucratif que dangereux. En attendant que le digne pasteur pût prendre toutes les mesures indispensables pour assurer la fuite de ses nouveaux amis, il leur proposa de le suivre dans sa demeure où il pouvait leur procurer un gîte sûr. Il n'est pas besoin de dire que cette offre bienveillante fut acceptée.

Nous allons profiter, pour faire une plus ample connaissance avec le curé, du peu de minutes qu'ils mirent à se rendre au village.

L'abbé Symphorien avait eu le malheur de naître de parents peu religieux. Il n'appartenait point à l'une de ces rares familles qui, dans ces temps de matérialisme et de scandale, flottaient sur les eaux du philosophisme comme autrefois l'arche sainte sur les eaux du déluge. Son éducation, soignée du reste, fut confiée à un précepteur athée qui empoisonna son âme dans sa fleur. Il devint homme à l'époque où le vent pestilentiel des folles doctrines soufflait avec le plus de violence, où le poison corrosif de la philosophie moderne coulait à pleine artère dans le corps gangrené de la société française.

Les grandes eaux de l'impiété et de la corruption avaient rompu leurs digues, elles emportaient la France vers l'abîme. Le jeune Sympho-

rien fut entraîné par le torrent; mais la
Providence, qui veillait sur lui d'une manière
toute spéciale, permit qu'il se heurtât au malheur, et la vague immonde le rejeta sanglant et
meurtri sur le rivage.

La mort d'une jeune personne qu'il aimait
passionnément et à laquelle il devait s'unir fut,
si l'on peut s'exprimer ainsi, le premier coup
frappé à sa porte par la grâce. Revenu de ses
premiers accès de désespoir, il tomba dans une
mélancolie d'autant plus profonde, qu'il y avait
déjà longtemps que l'horizon se rembrunissait
autour de lui, et que de gros nuages couvraient
le soleil de sa prospérité. Les mécomptes de son
ambition, l'inanité de ses espérances, les blessures de son amour-propre, la perte d'une fortune
considérable fondue au souffle ardent de ses
passions, telles étaient les plaies que cicatrisait
peu à peu l'amour de sa jeune fiancée.

Le pauvre Symphorien ne pouvait se faire à
l'idée d'être séparé pour toujours de celle qui
devait être la compagne de toute sa vie. Dieu lui
envoya la douleur pour réveiller en lui l'instinct
de l'immortalité de l'âme. Il se prit à désirer
cette immortalité de toute la force de son
amour; bientôt après il y crut.

D'une ignorance profonde sur les matières religieuses, il ne lut rien ; il réfléchit ; la grâce divine féconda sa pensée.

Voici à peu près la forme que prirent ses réflexions.

Ce qui est éternel est nécessaire.

Ce qui est nécessaire est immuable ; car dans le cas contraire, il pourrait y avoir changement, en d'autres termes, destruction de quelques qualités ou de quelques formes ; c'est-à-dire, que ce qui est nécessaire pourrait n'être pas, ce qui implique contradiction.

Or, la matière n'est pas immuable.

Donc la matière n'est pas éternelle.

Puisque la matière n'est pas éternelle, il faut bien qu'il y ait un être qui l'ait créée.

Or, pour créer, pour tirer du néant, il faut avoir une puissance infinie, car du néant à l'être il y a une distance infinie.

Rien de ce qui est créé ne saurait avoir une puissance infinie, puisque la puissance créatrice serait plus grande encore.

Il y a donc un être créateur de la matière, incréé lui-même, éternel par conséquent, et dont la puissance est infinie ; cet être, c'est Dieu.

Dieu existe.

Or, il est évident que Dieu, dont la sagesse est infinie, n'a pu créer la terre uniquement pour la regarder tourner comme une boule, ni l'homme pour le regarder se mouvoir sur cette boule ; la suprême sagesse ne ressemble pas à un spectateur désœuvré devant un théâtre de marionnettes.

Dieu a donc eu en nous créant un but, un dessein quelconque, mais toujours conforme à sa sagesse infinie, autre, par conséquent, que le seul et matériel spectacle de sa création ; et puisqu'il a créé l'homme capable de raisonner et libre d'agir, c'est qu'il voulait demander quelque chose à cette faculté de raisonnement, à cette liberté d'action.

Il a donc fallu qu'il intimât des commandements à l'homme, qu'il lui prescrivît des devoirs ; en un mot, qu'il promulguât une loi, une religion.

Toute loi doit avoir une sanction ; il faut bien, puisque l'homme a été doué du libre arbitre, récompenser ceux qui observent la loi, punir ceux qui la transgressent ; la justice de Dieu l'exige.

Or, l'expérience nous prouve que cette sanction n'existe pas nécessairement dans cette vie ; il faut donc la chercher dans une autre.

Donc l'âme est immortelle.

Pour qu'une loi oblige, il faut qu'aucun doute raisonnable ne puisse s'élever sur son existence ; il en est de même des diverses prescriptions contenues dans une loi. Il faut donc que, soit par elle-même, soit par ceux qui ont reçu la mission de l'interpréter, la loi explique d'une manière claire et précise tout ce qu'elle ordonne et tout ce qu'elle défend. L'obéissance n'est obligatoire qu'à cette condition.

Or, 1° la religion ou loi naturelle, claire dans ses premiers principes, est souvent fort obscure dans les conséquences, au moins éloignées, qui en sont déduites. A la rigueur elle suffit sans doute, à l'aide des secours surnaturels qu'y ajoute la grâce, aux personnes qui n'en connaissent point d'autre, puisque Dieu ne peut pas commander l'impossible à l'homme ; mais l'histoire du paganisme, tant ancien que moderne, et notre propre expérience journalière, nous prouvent qu'elle ne saurait suffire à l'humanité en général[1].

1. Aussi l'humanité n'a-t-elle jamais été exclusivement livrée à ses propres lumières. La loi positive est aussi ancienne que la loi naturelle, et il est certain que la connaissance des préceptes de cette dernière ne s'est bien

La religion ou loi naturelle n'oblige donc pas
tout le monde dans toutes ses conséquences ;
elle est incomplète pour la plupart des hommes,
puisqu'elle ne leur explique pas suffisamment
toute la volonté du législateur ; elle n'est donc
pas la véritable loi que nous cherchons.

2º De toutes les religions qui existent en dehors du Christianisme, il n'en est aucune qui
soit en réalité autre chose que la négation plus
ou moins directe du législateur lui-même. Il est
donc évident que ce n'est pas dans ces religions,
mais dans le Christianisme, et dans le Christianisme seul, que nous devons chercher la loi.

3º Le Christianisme, il est vrai, se divise en
différentes sectes ; mais toutes ces sectes ne

conservée que dans les familles où l'on a gardé un fidèle
souvenir de la révélation primitive. Quant à savoir jusqu'à
quel point la stupidité, l'ignorance, une éducation vicieuse,
l'influence délétère d'une société fourvoyée, peuvent excu-
ser le commun des païens, c'est une question que Dieu
seul peut résoudre. Il nous suffit de savoir que Dieu, étant
souverainement juste, ne demandera compte à chacun de
nous que de ce qui lui aura été donné ; et que l'homme
ayant été créé pour une fin surnaturelle, le Créateur a dû
lui donner, et lui donne en effet, tous les moyens nécessaires pour parvenir à cette fin. La grâce ne manque
jamais à personne ; nous n'avons pas besoin d'en savoir
davantage.

sont historiquement que des rameaux séparés du tronc. Elles ne sont pas plus le Christianisme que la branche morte n'est l'arbre. Le Christianisme, et par conséquent la loi, existait avant elles. Ce que l'une affirme, l'autre le nie; et comme elles ne remontent jamais qu'à un homme, comme leurs droits à l'existence sont identiquement les mêmes, il s'ensuivrait, si quelqu'une d'entre elles était la vérité, que la vérité existerait au même titre que l'erreur, ce qui est monstrueux, et qu'elle ne pourrait ni se prouver à elle-même ni se démontrer aux autres, ce qui serait injuste et absurde, puisqu'il s'agit ici d'une vérité obligatoire. Toutes ces sectes ouvrent mille voies au doute et à l'incertitude. Elles n'ont ni la règle ni le critérium de la vérité; donc elles ne renferment pas la loi.

L'Église catholique, au contraire, est la seule qui remonte par une succession directe et non interrompue jusqu'à Jésus-Christ, son divin fondateur; la seule qui, n'étant limitée ni par le temps ni par l'espace, n'ait cependant jamais varié ni dans ses dogmes ni dans sa règle de foi; bien plus, la seule qui, même en dehors de toute assistance surnaturelle, n'ait jamais pu varier, puisqu'il est impossible qu'aucune des égli-

ses particulières qui la composent se soit écartée,
à une époque quelconque, de la tradition, sans
que toutes les autres s'en soient immédiatement
aperçues. L'Église catholique est donc la seule
qui ait en elle-même un principe infaillible
d'unité, de perpétuité, et d'immutabilité ; la
seule qui ne permette pas aux intelligences de
flotter incertaines ; la seule, en un mot, qui
promulgue la loi dans toute son étendue, d'une
manière claire et précise, et par conséquent
obligatoire.

Donc l'Église catholique est la seule déposi-
taire de la loi ; c'est la véritable Église. La religion catholique est la seule vraie religion.

Cette religion, qu'il avait méconnue jusque-là,
Symphorien l'aima et l'étudia avec ardeur. Il
ne cherchait plus la vérité ; il l'avait trouvée,
ou, pour mieux dire, Dieu la lui avait donnée ;
mais il aimait à lire les ouvrages qui en éta-
blissent les preuves. Il ne tarda pas à reconnaître que ces preuves ressortent de tout, que
la philosophie, les sciences, l'histoire, la tradition, le raisonnement et les faits, rendent à
cette vérité divine un solennel et irrécusable
témoignage.

Les yeux de Symphorien n'étaient plus fixés

que sur son avenir d'outre-tombe; il entra dans
un séminaire; quelques années après, il en sortit prêtre.

Il n'avait pas encore quitté cette sainte maison, que les dignités ecclésiastiques vinrent l'y
chercher; il les repoussa toutes.

Il demanda une modeste cure de campagne:
on lui donna celle d'un gros village, où il résolut de vivre et de mourir.

La révolution l'y surprit. Il ne voulut ni
prêter le serment schismatique, ni émigrer, ni
se laisser prendre; il se cacha. Cela lui était
d'autant plus facile, qu'il était adoré, pour
ainsi dire, de tous ses paroissiens. Les autorités
municipales fermaient les yeux pour ne pas
apercevoir sa retraite. Le curé assermenté, lui-
même, assez bon homme du reste, qui n'avait
été entraîné dans le schisme que par la peur,
ne lui en voulait pas trop de la solitude à peu
près complète dans laquelle se célébrait tous les
dimanches la messe constitutionnelle.

L'abbé Symphorien avait pris les habits d'un
garçon de ferme. Il demeurait chez un riche
fermier du village, qui lui était dévoué, ainsi
que sa famille, à la vie et à la mort, et dont il
partageait les occupations sous le titre modeste

de valet de charrue. Grâce à de nombreuses précautions et à la connivence tacite de presque tous les habitants de l'endroit, le curé pouvait continuer sa vie d'abnégation et de dévouement. Il célébrait la messe tantôt dans un lieu, tantôt dans un autre, suivant les circonstances ; il assistait les malades, encourageait les faibles, et n'hésitait pas à entreprendre de longues marches, toujours périlleuses, pour réconcilier une âme avec le ciel.

Ce fut en revenant d'une de ces pieuses excursions qu'il rencontra l'abbé Claude.

Une heure plus tard nos voyageurs étaient installés dans une petite chambre de la ferme qui lui servait d'asile.

Ils commençaient à se reposer de leurs fatigues, lorsqu'un bruit, dont ils ne tardèrent pas à deviner la nature, vint les plonger dans de nouvelles alarmes. Ils avaient reconnu les grosses bottes de la gendarmerie, le retentissement des éperons, et le grincement des sabres traînant par intervalles sur le pavé de la rue. Julien, qui s'était approché de la fenêtre, se rejeta brusquement en arrière, la figure toute décomposée par la peur. Il venait d'apercevoir l'homme qui les poursuivait avec tant d'achar-

nement, le citoyen Scœvola, ou Jacques, marchant à la tête d'une petite troupe de gendarmes.

L'inquiétude des fugitifs était d'autant mieux
fondée, qu'ils ne voyaient qu'une seule cause naturelle et raisonnable à la présence de leur ennemi
dans leur voisinage. Il était évident, en effet, que
l'événement de la Tombe-Isoire n'avait pu rester
ignoré de Jacques. Celui-ci, dont la blessure se
trouvait beaucoup plus légère que ne le pensait
Julien, avait donc eu un point de départ pour
ses recherches ; et de trace en trace, d'indice
en indice, il arrivait maintenant dans ce village, avec une force suffisante pour triompher
de toute résistance, et probablement aussi avec
des pouvoirs bien en règle pour requérir, en cas
de besoin, l'assistance des autorités locales. Le
curé, dont la sollicitude avait été éveillée par
l'arrivée des agents de la force publique, entra
en ce moment. Les informations qu'il venait de
recueillir ne confirmèrent que trop ces funestes
conjectures ; des gendarmes surveillaient tous
les abords du village, et les visites domiciliaires
allaient commencer.

Le curé parlait encore, lorsque des coups re-
doublés retentirent sur la porte de la ferme ;
c'étaient les gendarmes qui frappaient. Quel

parti prendre? On ne pouvait ni se cacher ni fuir, car il n'y avait ni issue dérobée ni cachette dans la maison. Une inspiration soudaine, telle qu'il en vient quelquefois dans de semblables occasions, traversa tout à coup l'esprit du fermier. Il montra du doigt à ses hôtes une grande charrette chargée de paille et déjà attelée qui se trouvait dans la cour. L'abbé Claude et ses deux compagnons comprirent ce geste. Ils descendirent à la hâte et se blottirent dans cette paille ; tandis que le curé, en blouse, un bonnet de coton sur la tête, une pipe allumée à la bouche, et le fouet à la main, affectait de jeter un dernier coup d'œil sur les harnais de ses bêtes, en charretier qui se dispose à partir.

Cependant les gendarmes frappaient toujours à la porte et commençaient à s'impatienter du retard qu'on mettait à la leur ouvrir. On y va, on y va, leur criait le fermier ; que diable ! un peu de patience ! on dirait que le feu est au village ; ce n'est pas ici comme à la ville ; nous n'avons ni portier ni concierge, qui n'ont d'autre besogne que d'écouter quand on frappe et de tirer le cordon.

Enfin, avec toute la lenteur imaginable, car il fallait gagner assez de temps pour faire dis-

paraître jusqu'à la moindre trace des fugitifs,
il ouvrit la porte, et les gendarmes entrèrent,
précédés par le maire en écharpe et par le citoyen Scævola.

Après une demi-heure de perquisitions très-
rigoureuses, mais qui n'amenèrent aucun résultat, ils étaient sur le point de se retirer, et déjà
même ils traversaient la cour, lorsque la charrette chargée de paille éveilla les soupçons de
Jacques ; il voulut la faire décharger en sa présence. Le fermier qui avait grand'peine à dissimuler son émotion, car il savait parfaitement
qu'il y allait de sa tête, protesta contre cette mesure, qu'il qualifiait d'inutile, en alléguant la
perte considérable de temps et le surcroît de besogne qui en résulteraient pour lui. Ces considéra-
tions firent impression sur Jacques ; ce n'est pas
qu'il se souciât le moins du monde des intérêts
ou des plaintes du fermier ; mais il réfléchit que
si l'abbé Claude ne se trouvait point à la ferme,
il était caché sans doute dans quelque autre
maison du village, et qu'il pourrait profiter de
ce retard pour s'échapper. Il renonça donc au
projet de faire décharger la charrette ; mais il
ordonna aux gendarmes d'enfoncer en différents
endroits leurs longs sabres dans la paille, ce qui

était un moyen à peu près aussi sûr et beaucoup plus expéditif de découvrir s'il y avait quelqu'un de caché. Les gendarmes allaient obéir, une catastrophe était imminente. Mais l'explication de ce qui va suivre exige que nous rétrogradions de quelques pas,

Le citoyen Scævola avait amené de Paris avec lui un de ses plus fidèles agents, qui, déguisé en colporteur, s'était mis dès son arrivée au village, à parcourir les rues, à s'introduire dans les maisons sous prétexte de vendre sa marchandise, et à interroger adroitement tout le monde, les vieilles femmes et les jeunes filles surtout, à qui il proposait de menus objets de ménage et de toilette. Cet espion était précisément le même homme que nous avons déjà rencontré à la maison des Carmes, lors du massacre des prêtres, et à la prison de la Force, où il eut à soutenir contre Calby cette fameuse lutte à la suite de laquelle Julien recouvra sa liberté.

Le chien avait reçu dans cette circonstance plus d'un horion dont il gardait rancune. Aussi à peine son odorat l'eut-il averti de la présence de son ennemi dans le village, que de sinistres pensées de vengeance vinrent rouler dans son esprit, autant du moins que nous pouvons en juger

17.

par le résultat. Mais entre ces projets et leur
exécution, la porte de la ferme se dressait comme
un obstacle insurmontable. Calby, qui ne se dé-
courageait pas facilement, chercha une autre
issue, et finit par en trouver une dans le jardin,
dont une partie n'était clôturée que par une haie
fort épaisse de plantes épineuses. Il travailla si
bien et si longtemps du museau et des pattes,
qu'il réussit à passer toute sa tête dans cette
haie. Le corps suivit ensuite, lentement, et avec
des difficultés inimaginables; car les branches
flexibles, un moment écartées, se détendaient
tout à coup comme un ressort, et opposaient à
cette marche persévérante un douloureux et
inextricable réseau. C'était un véritable filet
d'épines, dont les mailles se reformaient d'elles-
mêmes à mesure qu'après d'incroyables efforts on
venait à bout de les rompre. Parvenu cependant
de l'autre côté de cette barrière, le brave animal
se coucha, tout essoufflé, sur le ventre, tout pante-
lant de fatigue, les yeux en feu, et la langue pendante. Au bout de quelques minutes, il était complétement reposé, et avait rencontré la piste de son
ennemi. Cette piste le fit courir longtemps, mais
elle le conduisit enfin, après de nombreux détours,
jusqu'à une maison située presque devant la ferme.

Il était impossible d'arriver plus à propos; l'espion venait de déballer sa marchandise dans une grande pièce du rez-de-chaussée, qui servait à la fois de salon, de salle à manger et de cuisine, et dont les fenêtres, qui donnaient sur la rue, étaient toutes grandes ouvertes en ce moment.

S'introduire dans la maison par cette voie, culbuter trois ou quatre personnes qui se rencontrèrent sur son passage, sauter sur le colporteur, le terrasser et le saisir à la gorge, tout cela fut l'affaire d'une minute à peine pour l'intelligente et trop vindicative bête.

On courut au secours du pauvre marchand; mais ce ne fut pas sans difficulté qu'on vint à bout de faire lâcher prise à Calby, que rendaient plus furieux encore les coups qui pleuvaient sur lui de tout côté. Un étourdissant vacarme servait d'accompagnement à cette scène qui menaçait fort de tourner au drame. Le colporteur hurlait sous les vigoureuses étreintes du chien; la foule accourait; hommes, femmes, enfants, juraient, criaient, pleuraient; et les jurements, les cris, les pleurs, se mêlaient au tapage des meubles renversés dans la lutte, aux fracas de la vaisselle brisée, au charivari des ustensiles de cuivre qui s'entre-choquaient sur les clous qui leur servaient de supports, sous les bonds effrénés d'un chat épouvanté qui cherchait à fuir en poussant des miaulements de terreur. C'était une véritable tempête, qui atteignit son plus haut point d'intensité juste au moment où Jacques venait de commander aux gendarmes de sonder avec leurs sabres la paille de la charrette où se tenait caché l'abbé Claude.

Ceux-ci n'avaient pas eu le temps d'obéir à cet ordre, lorsque le citoyen Scævola, qui s'était avancé sur le seuil de la porte, laissa échapper un cri d'allégresse et de triomphe ; il venait de reconnaître Calby, et supposait avec assez de vraisemblance qu'il n'y avait d'autre cause à tout ce tumulte que la résistance désespérée opposée par le fidèle animal à la capture de ses trois maîtres.

Il ordonna donc aux gendarmes de le suivre, et se précipita plutôt qu'il ne courut vers la maison théâtre des derniers exploits de Calby.

— Puis-je aller maintenant à ma besogne? demanda le prétendu charretier, qui n'avait pas quitté ses chevaux un seul moment.

— Va-t'en au diable si tu veux, lui répondit le citoyen Scævola en sortant de la cour.

Le curé ne se le fit pas dire deux fois, et trop
joyeux de la permission qu'il venait d'obtenir
pour se sentir blessé de la grossièreté de la réponse, il fouetta ses chevaux et partit. A la sortie du village, la charrette qui emportait l'abbé
Claude et ses deux compagnons fut rejointe par
Calby, dont l'admirable instinct ne se trouvait
jamais en défaut.

Les fugitifs quittèrent enfin leur asile; et, munis des instructions verbales du curé, car il n'eût
pas osé leur en donner d'écrites, lors même qu'il
aurait eu le temps de le faire, ils continuèrent
leur voyage dans la direction d'une petite ville
située sur les bords de la mer.

CHAPITRE XIV.

PATRIE, ADIEU!

Dans le faubourg de la petite ville dont nous avons parlé à la fin du chapitre précédent, il y avait à cette époque une maison de médiocre grandeur et d'assez piètre apparence, qui ne se différenciait guère des autres maisons voisines que par une grande mouette clouée sur la porte, les ailes étendues, comme ces chats-huants et ces tiercelets que le lecteur a pu remarquer souvent à l'entrée de beaucoup de chaumières. Cet oiseau servait d'enseigne à un cabaret du plus bas étage, dont les fenêtres étalaient pendant la nuit de sales rideaux rouges à grands carreaux, et pendant le jour une double rangée de bouteilles crasseuses et pleines de liqueurs de mauvais aloi. Le café de la Mouette, car dans un moment de velléité ambitieuse cet ignoble bouchon avait pris le titre de café, était tenu par la femme du contrebandier à qui le curé Symphorien avait adressé l'abbé Claude, et sur lequel reposaient pour le moment toutes les espérances des fugitifs.

Ceux-ci venaient d'arriver à trois ou quatre portées de fusil de la petite ville ; et n'osant pas y entrer, car il était à craindre que leur signalement ne les y eût précédés, ils avaient fait halte sur le bord d'un ruisseau, dans un massif de peupliers et de saules, où ils tenaient conseil.

Il fut résolu que ce serait Antoine, dont la personne était beaucoup moins connue du citoyen Scævola et de ses agents, qui irait frapper à la porte du contrebandier. Il reviendrait ensuite vers ses maîtres, et l'on se déciderait suivant les circonstances et d'après les indications qu'il aurait obtenues.

L'abbé Claude lui répéta vingt fois le mot de passe, car il fallait un mot de passe pour s'introduire dans le *penetrale* du propriétaire de la Mouette ; après quoi le fidèle serviteur épousseta minutieusement ses habits, donna tant bien que mal un peu de lustre à sa chaussure poudreuse, et se mit en route vers sa destination.

Peu de minutes après il frappait rapidement

deux coups assez forts sur la porte du contrebandier, puis un troisième beaucoup plus faible et
séparé des deux premiers par un intervalle de
quelques secondes. Les initiés seuls frappaient
de cette manière, aussi la porte s'ouvrit-elle à
l'instant ; puis elle se referma comme elle s'é-
tait ouverte, c'est-à-dire sans le moindre bruit,
car on entretenait toujours et soigneusement une
légère couche d'huile sur les gonds.

Antoine fut introduit dans une espèce de cave
qu'on aurait pu prendre pour l'entre-pont d'un
navire, tant elle était encombrée de ballots, de
câbles, de voiles, et d'une multitude d'objets
sans nom et sans usage pour le visiteur étonné.
Une douzaine de matelots fumaient et jouaient
aux cartes autour d'un tonneau qui leur servait
de table. Le patron faisait partie du groupe ; il
était vêtu en ouvrier calfat et ne se distinguait
en rien de tous les autres ouvriers de cette profession. Antoine, après avoir prononcé le mot de
passe, sans lequel il aurait été probablement
fort mal reçu, le tira à l'écart, et au bout d'un
quart d'heure de conversation à peu près, l'affaire était conclue. Le patron attendait d'un moment à l'autre, cette nuit même, peut-être, un
petit bâtiment anglais chargé de contrebande. Il

fut donc convenu que les fugitifs viendraient
s'installer à la Mouette, où ils pouvaient se reposer en sûreté jusqu'au moment du départ.

Aucun obstacle ne vint s'opposer à l'exécution de ce plan. L'abbé Claude, Julien et Antoine, parvinrent heureusement jusqu'à la maison du contrebandier, dont la porte se referma
sur eux. Ils étaient, ils se croyaient, du moins,
à moitié sauvés.

Le jour ne devait pas tarder à poindre, lorsque
le patron vint annoncer à ses hôtes qu'on lui
signalait le bâtiment anglais ; il leur recommanda
de se lever promptement et de se tenir prêts à le
suivre. Le brave homme avait changé son costume de tous les jours contre une tenue analogue
à la circonstance. Sa coiffure consistait en un
petit chapeau de cuir bouilli, impénétrable à
l'humidité et assez solide pour résister à un coup
de sabre. Sa veste d'ouvrier avait fait place à
une chemise de laine rouge, laquelle se ratta-
chait sur sa poitrine par une longue épingle
d'argent suspendue à une chaîne du même métal.
On devinait que cette épingle devait lui servir au
besoin pour déboucher la lumière d'une courte
carabine qu'il tenait à la main en ce moment. Il
portait pour chaussure une paire de grosses

bottes de pêcheur, qui peuvent monter à volonté jusqu'à la naissance de la cuisse ou descendre jusqu'au-dessous du genou.

Une bonne partie de la bande du cabaretier dormait depuis trois ou quatre jours à la Mouette, car on attendait à chaque instant le petit navire que l'on venait de signaler. En quelques minutes tout le monde fut debout. On ouvrit une caisse d'armes; chacun prit une carabine ou un tromblon, deux pistolets et un coutelas ou une hache d'abordage; puis on se mit silencieusement en route vers l'endroit où devait s'effectuer le débarquement. Lorsque toutes les dispositions furent prises, le patron alluma une lanterne à réflecteur, dont les verres mobiles et diversement colorés constituaient une espèce de télégraphie nocturne, d'un usage nécessairement fort restreint, mais à peu près suffisante pour toutes les communications des contrebandiers. Grâce à ce signal, le capitaine anglais fut informé qu'il n'y avait rien de nouveau à terre, que ses associés ou ses agents se trouvaient à leurs postes, et que trois émigrés allaient prendre passage sur son bord.

Les contrebandiers se divisèrent en deux troupes. L'une, la plus nombreuse, était desti-

née à protéger l'opération du débarquement
contre les douaniers qui gardaient la côte;
l'autre, montée sur de grandes barques, devait
accoster le navire, et transporter sur le rivage
la cargaison divisée en ballots assez petits pour
qu'on pût la charger tout entière sur un convoi de bêtes de somme qui attendaient à peu de
distance.

Les barques allaient se mettre en mer, lorsque
plusieurs coups de fusil qui retentirent sur les
rochers environnants annoncèrent aux contrebandiers une attaque, dont l'éventualité était
prévue, mais sur laquelle, cependant, ils n'a-
vaient pas compté. A ces premiers coups de feu
destinés à donner l'alarme, succéda bientôt une
fusillade des plus soutenues; c'était une escar-
mouche entre l'avant-poste des contrebandiers
et les employés de la douane. Aux détonations
qui se rapprochaient à chaque instant on pouvait
juger que les soldats du fisc gagnaient du terrain.
Les fraudeurs ne se découragèrent pas, cependant; c'étaient pour la plupart de vieux loups
de mer dont le cœur s'était tanné, pour ainsi
dire, aussi bien que la peau, sous les orages
d'une longue vie d'aventures, et de jeunes gars
à qui personne ne se serait avisé de demander

leurs preuves; habitués qu'ils étaient dès leur plus tendre enfance à détester cordialement garde champêtre, douaniers et gendarmes, et à faire la nique à la loi. Bien qu'attaqués par des forces numériquement très-supérieures, ils pouvaient donc espérer de soutenir la lutte sans trop de désavantage, mais leur situation ne tarda pas à se compliquer d'un événement imprévu. Une seconde brigade débouchant tout à coup par derrière vint mettre les contrebandiers entre deux feux, et rendre, si ce n'est impossible, au moins complétement inutile, la résistance la plus désespérée.

Alors ils se sentirent perdus et commencèrent à fuir. Le patron considérait avec raison le transport des émigrés comme la partie la plus compromettante de son commerce interlope; i est vrai que par compensation c'en était aussi la plus productive. En homme prudent, il réfléchit que s'il parvenait à faire aborder nos trois amis sur le vaisseau anglais, il anéantissait la seule preuve qui pût établir sa propre complicité dans leur émigration, en même temps qu'il sauvait du naufrage le plus précieux de ses colis. Il profita donc de la nuit, ou, pour mieux dire, du crépuscule, qui durait encore et de la confusion inséparable de cette double attaque pour les faire coucher dans une barque, où il sauta lui-même avec deux matelots; puis il se mit à ramer vigoureusement vers le navire qui gagnait peu à peu la haute mer.

Le jour se levait en ce moment; le premier objet qu'il inonda de ses rayons fit pousser un long cri de terreur aux émigrés. C'était une grande chaloupe pleine de douaniers et de gendarmes ayant à leur tête le citoyen Scævola. Cette chaloupe leur donnait la chasse; elle ne courait pas, elle volait sur les flots; une légère brise lui avait permis de déployer sa grande voile, et les efforts combinés de six rameurs de la marine nationale ajoutaient encore à l'action du vent. La distance qui séparait les deux embarcations diminuait à vue d'œil, quelques minutes encore, et l'épervier se précipitait sur sa proie.

Le contrebandier, qui ne voyait aucun moyen de se soustraire à cette poursuite, prit une résolution désespérée. Soupçonnant que ce n'était pas à lui personnellement qu'on en voulait, mais à ses passagers, conspirateurs d'une haute importance, sans doute, il ordonna qu'on les jetât à la mer avec quelques planches qui se trouvaient au fond de la barque et qui devaient servir à les

soutenir sur l'eau un assez long espace de temps.
Il espérait que le commandant de la chaloupe ne
voudrait à aucun prix laisser échapper l'occasion de s'emparer des fugitifs; ce qui ralentirait
nécessairement sa marche, et permettrait à la
barque de se réfugier dans quelque crique, où les
rochers et le peu de profondeur de l'eau empê-
cheraient qu'on ne les poursuivit.

Les prévisions du contrebandier ne le trompèrent pas. Ses ordres furent exécutés en un clin
d'œil; immédiatement après, il changea de direction et s'éloigna. La chaloupe n'hésita pas
une seconde; elle continua de ramer vers les
fugitifs, qu'elle apercevait se débattant sur les
vagues. Seulement elle prit congé de la barque
contrebandière par une décharge générale de
sa mousqueterie qui blessa mortellement le patron.

Pendant ce temps l'abbé Claude, Julien et Antoine nageaient vigoureusement à la rencontre
du navire anglais, qui, n'ayant rien à craindre
lui-même de la chaloupe, s'avançait de leur côté
pour les recueillir. Calby avait sauté dans l'eau
à la suite de ses maîtres. Il se trouvait là dans
son élément favori; et comme son instinct ne
lui révélait la présence d'aucun danger immé-

diat, car la mer était tranquille et chacun
de nos amis avait pu se cramponner à une
planche, il allait folâtrant de l'un à l'autre, assez
insoucieux, en apparence, de cette nouvelle manière de voyager.

Cependant la chaloupe n'était plus qu'à quelques brasses ; le chien s'arrêta tout à coup, et
appuyant ses deux pattes de devant sur les
épaules de l'abbé Claude, il sortit presque tout
entier hors de l'eau. Il demeura un moment immobile ; sa narine fumante semblait interroger
l'atmosphère, puis ses yeux brillèrent soudainement comme deux escarboucles, son poil se hé-
rissa, il poussa un rugissement de colère ; il venait de reconnaître sur la chaloupe son ancien
ennemi de l'hôtel de la Force, le même qui avait
dû tout récemment encore soutenir une lutte si
acharnée contre lui dans le village du curé
Symphorien. L'irascible animal se mit aussitôt
à nager vers l'embarcation, qui s'avançait de
toute la force de ses rames. Il l'aborda par derrière, l'accrocha avec ses dents, et fit pour sauter
à bord des efforts tellement vigoureux et opiniâ-
tres qu'il parvint à ralentir considérablement la
vitesse de la chaloupe, que le timonier ne pouvait
plus gouverner.

Scævola, voyant que sa proie allait lui échapper, saisit une rame et se précipita sur Calby qu'il comptait assommer du premier coup. La massue ne frappa que le vide. Calby avait plongé; mais Scævola emporté par le poids de son arme ne put se relever à temps; le chien sembla bondir du fond de l'abîme; il sauta brusquement sur son ennemi, le serra à la gorge, et tous les deux disparurent dans la mer. Lorsque Scævola reparut, sa figure avait pris une couleur violet-bleuâtre, ses yeux sortaient de leur orbite, sa langue pendait hors de sa bouche, il flottait inerte sur la vague comme une planche; ce n'était plus qu'un cadavre.

Peu de minutes après, le chien rejoignait ses maîtres à bord du navire anglais qui les avait recueillis pendant cette scène, et la chaloupe emportait tristement vers le rivage le corps inanimé du citoyen Scævola.

Les émigrés furent reçus à Londres par le baron de Starksteinberg. Le portefeuille de Jacques se retrouva plus tard, caché dans une ancienne tombe où l'avait déposé l'abbé Claude dès le commencement des troubles. Le propriétaire dépossédé prouva son identité et put rentrer en possession d'une partie considérable de sa for-

tune. Julien épousa une riche héritière, parente
éloignée du baron, et se fixa à Paris. L'abbé
Claude fut nommé professeur de langue hébraïque et fit pendant longtemps, sous prétexte
d'hébreu, un véritable cours de philologie comparée. Ce fut le premier et le dernier.

Mais nous anticipons sur les dates; et si notre
récit devait se continuer jusqu'à celle-là, il lui
faudrait traverser auparavant toute l'histoire de
cette époque néfaste. Lorsque nos trois amis
abordèrent en Angleterre, ils étaient séparés
encore des jours de bonheur que leur réservait
la Providence par quelques années d'émigration,
c'est-à-dire de douleurs et de misères. Entre la
patrie et l'exil, il y avait encore toutes les hontes
civiles, toutes les gloires militaires de la Révolution française, toutes les horreurs de cette
épouvantable tempête où le vaisseau de la France
faillit disparaître à jamais sous une vague de
boue et de sang.

FIN.

TABLE.

SAINT-GERMAIN. — IMPRIMERIE D. BARDIN.